再一次相戀

Never to Miss Again

12 *All about Love*

by Sophia

Chapter

再一次相戀

Never to Miss Again by Sophia

楔子

那年。青澀而稚嫩的我們，以及愛情。

站在三分線外，用力的我將球拋向籃框，無關乎姿勢正確或者適當的手腕施力只要能夠像註定一般準確的進籃就好。或許我們所追求的就是這樣的註定。目光緊緊跟隨劃出的拋物線無論是我還是她。

下一秒鐘，像是一齣劇結束瞬間的短暫凝結般的靜默，橘紅色的球體結結實實的落下。

籃框外。

所謂愛情如同這一瞬間凍結的我，無論多麼努力多麼渴望也無法保證能夠投進三分球，像櫻木花道標準外的拋球動作或者像流川楓一般帥氣的使著手腕，最終還是結果論。雖然能用物理學、數學進行計算，也能夠精準的訓練，但真正出手的那一刻從來就沒有人能夠斷定。

所以是場賭注。

既然射籃跟愛情沒有太大差別，那麼用這種方式來決定也沒什麼不好。至少我和她在這件事上異常的有默契。

先投進的人就贏了。

單純的遊戲規則。賭注是一份愛情。

我和她每天放學後都會來到學校後體育場的籃框下，一天一球先投進的人就贏了。在未分出勝負之前誰都有機會。

也就是說，先讓他愛上的人就贏了，或者、先投進三分球的人就能夠獲得最靠近他的資格。

另一個人必須無條件的退開。

雖然聽起來像是遊戲一樣彷彿把愛情當作可以割捨或者轉讓的物品，但是對於只有十七歲的我和她所謂的愛情本來就不比佔有來得深刻。至少在應允的那一刻我的確這麼認為。只要自己是他身邊最靠近的女孩，就能夠得到他的愛情。

當初我們就是這麼天真的抱持著這樣的信念。

今天是第五十二天。她擦板進籃。

而我落空。

17之一

看著他很順暢的在走道高低落差的位置坐下來，我很努力才克制住想狠狠瞪他的生理衝動，雖然蹺掉社課沒什麼了不起，但如果被知道是「和他」一起蹺課就會掀起風浪。

高中生怎麼可以這麼無聊？

講台上的老師用著很飄忽的聲音講解著同離子效應，左前方的資優生右手沒有停過拚命抄筆記，右前方同學的右手也奮力疾書，不過是在寫要傳給女朋友的紙條。

除了課業就是愛情。要說單調真的很單調，但偏偏這兩件事又可以幾乎填滿整個高中生活，空隙就補上一些友情跟八卦之類無關緊要的東西；雖然覺得很無聊但其實也沒別的事情好做，而且這時期荷爾蒙大概是無限量供應，再怎麼說我也是少女。

所以最近偶爾會盯著韓致宇發呆。

本來還以為自己很特別，沒想到也很沒創意的盯著那個所有女生的焦點，不過這大概也很正常，這群男孩裡也就只有他比較不那麼幼稚，早熟跟早衰只有一線之隔但因為他帥了一點所以形容詞都往正面向度加。

這就是愛情嗎？

一不小心就會把注意力放在他身上，在意他說出來的話，偶爾會想找機會靠近他，但這些症狀似乎都相當輕微，擺盪在好感和喜歡之間我想。

到底是為什麼呢？

為什麼會是韓致宇呢？

不管從什麼角度來看我就是刻板印象中典型的學藝股長形象，所以從小到大我一直都頂著學藝股長的頭銜，在人群中不會被忽略但也不是中心點這是我從小就找到的最佳位置，簡單的來說就是最節省力氣的設定。

沒有別的原因純粹只是因為懶惰。

也是因為學藝股長的緣故我第一次和他獨處。

死盯著堆在眼前的作業高中跟國中的差別或許只在重量也說不定，雖然看起來很柔弱但我可是很認真在運動，並不是拿不動而是前天跟我弟搶奪最後一塊餅乾時扭傷手，加上教室到辦公室過於遙遠的距離讓我有點困擾；於是站在作業前我思考著要裝柔弱讓男同學拿，還是裝和善請女同學幫我分擔，但下一節是社團課教室裡人已經快走光，我完全沒有自己搬的念頭。

叫住前面那個男同學好了，雖然看起來就跟他頻率不對，但只要低著頭靦腆的笑一直說謝謝就可以混過去，既然決定了就快點解決吧，社團教室又在辦公室的對角線，真是麻煩。

「不……」

「需要幫忙嗎？」

才剛發出「不好意思」的第一個音，就被從身後出現的聲音給打斷，轉身看見的是帶著微笑的韓致宇，想當王子拯救公主啊，我實在不想跟這種焦點型的人有交集但因為他的緣故剛才的目標也不見了，沒辦法只好滿足王子膨脹的騎士精神。

只要能達到目的退而求其次也無所謂。

「嗯……有點重我自己沒辦法拿。謝謝你。」

「沒關係我來吧。」

那你可不可以自己去辦公室？不然我還要走一大段路才能到社團教室。雖然很想這麼說但礙於形象也只能意思意思抱著一小疊作業走在他旁邊，因為不想跟他說話所以就低頭裝靦腆，不管王子說些什麼只要「嗯、嗯」的回答就好，熬過這一段路就解脫了。

「妳很安靜。」

「嗯？嗯。」

「妳是什麼社團的呢？我被拉去籃球隊所以都會想辦法拖延時間過去。」

所以說你裝好人只是想利用我囉？

但沒辦法我也是裝柔弱不想搬作業，既然是各取所需就沒必要浪費力氣努力的交談，雖然想這樣說但也只能忍耐。

和人聊天對我而言是相當簡單的事情，重點在於我並不想跟韓致宇有更多的牽扯。平穩而愉快的團體生活中有一件必須要遵守的鐵則，不要站在中心也不要趨近中心。

「日語社。」
「日語啊……真厲害。」
因為挑選過後這個社團最輕鬆，而且離教室很近，如果英文老師自己把作業抱走我就不用走那麼遠的路，明明就壯得跟熊一樣還要裝柔弱說「老師沒辦法拿麥克風又拿那麼多作業，穎嵐那就麻煩妳送到辦公室了」，不然我幫妳拿麥克風吧，我拚命忍住才沒說出口。
「……沒有。」
每句回話都簡短、沒意義又沒有延續性，我看你能堅持多久。
「那有機會的話可以請妳教我日文嗎？」
就算我閒到不得不在教室抓螞蟻打發時間我也不想教你。
「我也不是很會……」
幸好辦公室終於到了，放下作業之後我正打算要說「謝謝你，那我先去上社課了」，但他就是比我快一拍。
「可以拜託妳一件事嗎？」

不可以。

當然溫柔可人的我不可能斷然拒絕，雖然我很努力做出為難而且我不想錯過日語社課的表情，但是有王子病的人是不會在乎那麼多的。

所以我和韓致宇現在就站在體育館旁偏僻的小角落，如果再做作一點我大概可以說「我不能跟男生單獨到那麼偏僻的地方」，但我想跟著他走比試圖拒絕他來得輕鬆，王子通常會拿出閃亮亮的笑容拍胸脯保證他是好人。我最討厭陽光燦爛的人了。

然後我把視線轉向開心喵喵叫的貓。

「這幾天似乎會下雨所以想拿件衣服給牠，但牠完全不讓人靠近。」他笑得好誠懇，我仔細看著他研究著他嘴角的弧度和眼神所蘊含的光亮，相當值得作為參考，「因為我前幾天有看見妳餵牠，才會想說不定牠會比較親近妳……」

那只是因為我每天早上都在這裡吃早餐，通常在吃東西的時候人的警戒心會降低容易失誤，這種隱密又舒適的地方根本是天堂；這隻貓前陣子闖進我的地盤，還怡然自得的住了下來，讓牠吃東西只是要避免牠老是喵喵叫會引人注意。

看著在我腳邊蹭來蹭去的小花貓，真是隻得寸進尺的貓。

「牠真的很喜歡妳呢。」

「嗯。」既然都已經順利把衣服丟進這隻貓的窩了，那可以放過我了吧。

「牠有名字嗎？」

「沒有。」

看著韓致宇很順暢的在走道高低落差的位置坐下來，我很努力才克制住想狠狠瞪他的生理衝動，雖然蹺掉社課沒什麼了不起，但如果被知道是「和他」一起蹺課就會掀起風浪。高中生對於這類的事情異常熱衷。

也就是說會很麻煩。

「我、我該去上課了。」

「抱歉，」他又揚起爽朗的笑容，大概是以為可以用這招打天下吧，真是沒創意，不過真殘忍人長得帥就算沒創意也還是吃得開，「我沒注意到時間。」

「沒關係，」低著頭並且左右輕搖，「那我先去上課了。」

□

我的腳步定格在邁進的動作，右腳準備要往前踏的同時帶著動作感僵直在原地，那個身影太過熟悉我絕對不會錯認。韓致宇正坐在我的小天堂。

瞬間天堂變成地獄。

提著早餐我散發著滿滿的怨念，我立即判斷這時候轉身離開比較省事。

但那隻笨貓完全不理解我的心情。

牠興奮的喵喵叫，連帶的就是韓致宇轉頭將注意力移往我身上，我揚起淡淡但帶有疏遠感的微笑沒別的選擇只好走向前。

「果然昨天跟妳一起來看牠之後，像是得到認可一樣牠今天就當我是朋友了。」

我知道喜歡小動物會替王子加很多分，但真的沒必要用在我身上，這只會讓我很苦惱而已。但是我又不能用電擊棒或是氰仿之類的東西弄昏他，作為闖入我地盤的懲罰；相反的只能坐在他旁邊看著笨貓在我腳邊蹭來蹭去。

然後笨貓用著很期待的眼神望向我的早餐。

我根本不想在韓致宇身邊吃早餐，但是他那句「我可以和妳一起吃早餐嗎？」就像柔性卻高壓的逼迫，唯一的選項只有點頭說好。

接著我就被迫看著人貓溫馨畫面一邊咬著已經不是很好吃的三明治。真是讓人食慾不振。

「其實我很怕打擾到妳，有好幾次都看見妳一個人待在這裡，所以妳沒有拒絕真的讓我鬆了一口氣。」

我很想跟他說，第一、你不是打擾到我而是闖入我的地盤；第二、沒有拒絕是因為顧慮形象無法拒絕，再說你這樣的逼迫有百分之九十九的人都會點頭說沒關係；第三、因為預料到你之後一定會再來所以我已經決定忍痛割捨小天堂。

所以這會是我們第一次也是最後一次共進早餐。

這樣想就愉快多了。

「嗯。」一樣低下頭並且左右輕輕搖晃。

「妳真的很安靜呢。」

「嗯。」我看你能自言自語多久。

「有好幾次我都想跟妳說話，但又不知道怎麼開始。」他就是這樣製造粉紅色泡泡誘拐小少女的吧，平常看起來超然又不在乎小情小愛的人原來只是表象，「能像現在這樣聊天，我真的很開心。」

事實上只有你自己在自言自語。

我照例低下頭，只要這樣對方就會覺得自己在害羞，默默嘆了一口氣，在這樣充滿粉紅色泡泡氣氛下到底要怎麼樣才能繼續吃我的早餐。

「明天、我還可以來嗎？」

很好。非常好。相當的好。韓致宇真的是阻擋我的進路也斷卻我的退路，這個問號只能給肯定的答覆，並且等同於我也必須出現的約定。

但是我決定要很委婉的拒絕，王子型的男生只要被回絕就會自動當作什麼事都沒發生。

「我……」

鐘聲響了。

「每次和妳在一起都會不小心忘記時間呢，」他站起身，「走吧。」

結果到最後我還是沒辦法拒絕他。沒有回答等同於默許，雖然相當蠻橫但畢竟是同班同學，就算不願意還是必須好好應付，我想這大概是作為我抱怨高中生活無聊的懲罰吧。

真是報應。

17之二

他轉過身納悶的望向我，抬起頭我安靜的注視他，深深吸一口氣壯士斷腕一般拿出書包裡那封水藍色的書信。被定義為情書的信箋。

從那天開始韓致宇極其自然的佔據了小天堂的左半部，笨貓有了兩倍份量的早餐，而且開始有名字。

「不知道是公的還是母的呢。」

「嗯。」反正韓致宇可以自言自語，所以為了節省力氣通常我都以單音或者單詞來回答他。

「我們來幫牠取名字吧。」

聽見你說「我們」真讓人毛骨悚然，你自己取吧，反正你也不可能接受類似笨貓這種稱呼；而且，既然沒辦法給牠一個家，給了名字才是最殘忍的舉動。

當不能擁有或者自己根本無法守護的存在有了名字、有了特殊性，延伸的終點就只會有遺憾罷了。

「那取中性一點的名字好了，妳有想到什麼嗎？」

我搖頭。我絕對不要參與這個過程。

韓致宇的興致持續了好幾天，最後開始用夏天來稱呼笨貓。因為是在夏天和牠相遇的。嘆了一口氣我依然用單音回應，我好苦惱再這樣下去我就很難脫身了。

「夏天好像長大了，變重了呢。」

「嗯。」

每天吃兩份早餐加上韓致宇會放麵包在旁邊，這隻笨貓都確實吃掉不胖才怪，而且意識到韓致宇才是「金主」就很現實的往他腳邊蹭。這世界連貓都不能信任。

笨貓看了我一眼，大概是感受到我散發的陰黑氛圍牠似乎在我和韓致宇之間進行艱難的選擇，最後離開韓致宇的腳邊討好的用頭頂著我的鞋子，輕輕用腳踢著笨貓，牠翻過身我小力的在牠營養過剩的肥肚子上踩啊踩的，看見笨貓露出那麼享受的表情，真的是日子過太好。

「穎嵐。」

我愣了一下他剛剛叫我什麼？

韓致宇從來沒有喊過我的名字，通常我會避開有他在的地方，雖然明白越是刻意的做些什麼越會增加他的重量，也許一直到最後我都還是過於高估自己意志力，也低估了青春期發情的自然威力，但那也是很久之後才會理解的事情。

無論如何他的的確確喊了我的名字。還省略了姓氏和稱謂。

「我可以這樣叫妳嗎？」

不可以。一聽你這樣叫我就毛骨悚然渾身起雞皮疙瘩，就算是連名帶姓叫我也無法勉強自己接受。

「嗯。」

「除了小朋友以外，我第一次這樣喊女孩子的名字。」

所以把我歸類成小鬼是嗎？這些話大概會燃起很多女孩心中的火焰，接著在眼角擠出一滴淚水楚楚可憐又感動的凝望著他，故事的結局就是女孩被王子輕易騙到手，真是悲慘。

我也不知道為什麼自己對韓致宇的敵意莫名高漲，其實他除了優秀了一些、缺少挑剔的空間之外的確是個好人，和他還有笨貓待在一起久了越能確定他的真誠，大概就是這一點讓我感到討厭。對於太過純淨燦爛的存在本能的抵抗。

不要想感化我，我走陰險路線相當怡然自得。

總之我低下頭，不給任何回應也不給任何表情。提供他自由聯想的空間。

「那、妳可以也喊我致宇嗎？」

我不要。

打死我都不要這樣喊你。

「很困擾嗎？」韓致宇的聲音裡帶著淺卻不難辨識的失望感，停頓了一會兒他接續了話語，「不然連名帶姓喊我韓致宇也沒關係，我只是、只是沒聽過妳喊我的名字。」

「該回教室上課了。」

收回在笨貓肚子上輕輕踩著的腳，俐落的站起身，還坐在原地的他也許正注視著我，安靜的嘆了一口氣，這種情況想要不傷害他又雲淡風輕的離開對於十七歲的少女實在太過為難了一些，何況對方也是個十七歲的少男，脆弱的青春期，而且、雖然不願意承認但心底確實浮起「讓他靠近一點也沒關係」的念頭。

也許就是從這一瞬間我一步步往後退，讓他得以跨進我的世界也說不定。

「韓致宇你再不走會遲到。」

「這是妳對我說過最長的一句話。」我刻意無視他太過愉悅的音調，站起身他往前跨了一步，「也是妳第一次喊我的名字。」

不理會他的話我逕自往教室的方向走去，下一秒鐘韓致宇就走到了我的左邊，低下頭我刻意往右邊跨了一步。

我臉紅了嗎？

沒有。絕對沒有。一定是因為太陽太大的緣故。

□

「穎嵐啊，妳覺得韓致宇有喜歡的人嗎？」

為什麼要問我？就算他喜歡男的也不關我的事。

最近只要一想到韓致宇就讓人感到煩躁，前後左右上下四面八方都有他的延伸，尤其是他那聲「穎嵐」在腦海中揮之不去，害我戒慎恐懼的警備就為了因應他心血來潮在人群中喊我名字的情況，也列了二十個合情合理的解釋方法、外加十個轉移話題的話術，作為完美的抵禦。

「不知道呢。」

佑媗托著下巴一臉苦惱的看著我，不時用餘光瞄向和一群男生聊著天的韓致宇，順著她的目光望去不期然對上韓致宇的雙眼，過於快速的閃躲只是徒增想像空間罷了，因此我忍耐著想瞪他的念頭將自己的動作固定住，默數三秒接著只要不帶任何感情的移開就不會牽起任何波瀾。

然後韓致宇扯開了足以欺騙全世界的閃亮亮笑容。

移回目光的同時迎上的是佑媗羞怯的表情，忍住想仰天長嘆的動作，像她那樣才是正常十七歲少女應該要有的表現吧。

所以該檢討的是我？

「穎嵐妳有沒有看見？韓致宇在對我笑耶。」

有，我精準無誤的看見了。並且我也能夠精準無誤的肯定韓致宇絕對不是對著妳笑。但這是不能被戳破的秘密。

「嗯。」

「妳說，如果我跟他告白……他會接受嗎？」

不會。絕對不會。看也知道那傢伙以誘騙小少女為樂，但為了維持清高樣貌而表現出對小情小愛不屑一顧，雖然研究他那麼久發現他並沒有偽裝，而是打骨子裡就是這麼扭曲。這種人啊，善意一點的來看，至少他會試圖將傷害降到最低。

「嗯、這種事，很難說吧。」

「那……」佑媗突然站起身彎向我，幾乎整個人都貼在我身上，「妳可以幫我拿情書給他嗎？」

「我跟他不熟耶，也幾乎沒說過話。」

「這樣比較不尷尬吧，就算、就算他不收也不會影響到妳跟他的關係啊，因為本來就不熟啊對吧。」

輕輕將佑媗推開，想借刀殺人是吧。

從小姊姊就告誡我們無論如何都不要牽扯進朋友的感情問題裡，那是我小學一年級的某天，三年級的姊姊抓了我和才讀幼稚園的弟弟，帶著悲憤激烈的語氣逼迫我們跟她打勾勾。

那天上午姊姊替好朋友乙拿了情書給男孩甲，結果甲堅信是姊姊害羞才說不是她寫的情書，於是本來就對姊姊有好感的甲立刻宣稱姊姊是他的女朋友；更「愉快」的是乙打死不認，信誓旦旦的說「我才沒有寫情書咧」，私底下又指責姊姊搶走甲單方面果斷的跟姊姊切八斷。

於是姊姊下課回到家的第一件事就是以慘痛經驗作為教材，避免我跟弟弟步上她的後塵。

眼前的情況總感覺有種莫名的熟悉感。

「情書還是要自己送比較有誠意對吧。」

「萬一他拒絕怎麼辦？」

「那就不要送了啊。」我盡可能不落痕跡的引導佑媗，果然一牽扯上韓致宇就沒好事。

「可是他剛剛對我笑了耶，說不定、說不定他也喜歡我啊，這也是有可能的吧。」

就說了絕對不可能。

「那就，等他自己跟妳告白啊，如果他真的喜歡妳的話。」天啊我真是太佩服自己的聰明才智了，「有些男生啊，還是喜歡握有主導權的，而且先告白的人好像氣勢就弱了，對吧？」

「嗯……」佑媗頹喪的坐回椅子上，孩子啊姊姊這麼做是為妳好，忍耐一下就過去了，「不行，萬一被別人捷足先登就糟了，要做就要趁現在有衝動的時候去做。」

「如果他喜歡妳，就算別人跟他告白也是沒用的啊。」

「不能管那麼多了，有衝動就要去做，人家不是都說『有衝動時不結婚可能就不會結婚了』，所以現在不下定決心，以後可能就不會有那麼多的勇氣了。」她刷的一聲快速的站起身傾向我，以迅雷不及掩耳的速度握住我的雙手，「穎嵐，這是我這輩子唯一的請求了。」

妳這輩子還很長不要隨隨便便就把唯一的請求給用掉，而且還是為了韓致宇實在是太不值得了。

「我可能、可能沒有辦法……」

「穎嵐，能信任的就只有妳了，跟妳說喔，我觀察過，大多數的女生都對韓致宇有好感，另外的少部分都跟我不同掛，所以就只有妳了。」

「那還是妳親自告白比較好吧……」

「情書寫完我的勇氣大概就用完了，所以拜託妳！」

□

坐在小天堂裡，笨貓慵懶的躺在我的腳邊，自從韓致宇瓜分我的地盤之後，放學之後我就不來這裡，但這裡卻比任何一個場域更能讓我感到平靜。嘆了一口氣，但這裡卻殘留著屬於韓致宇的什麼。

而我的書包裡還躺著一封要交付給韓致宇的書信。與感情。

今天佑媗以不容推拒的速度用光了她的衝動和勇氣，而她的最後一個步驟就是把情書塞進我的書包，緊緊的擁抱我之後便逃之夭夭。

果然再多的謀算也抵擋不了突來的衝動。

人生總是有許多意外。

越不想有瓜葛的人總是以無法阻擋的形式相互牽扯，例如這隻笨貓，例如那封棘手的情書。

「穎嵐？」突如其來的聲音嚇了我一跳，右手按著胸口心臟以不尋常的速度跳動著，對方走近我並且蹲在我的身邊，「不舒服嗎？」

轉過頭韓致宇太過靠近的臉就在眼前，迅速的低下頭並且作以回應輕輕的搖頭。我沒事。大概是這個意思。

「真的沒事嗎？妳看起來有點奇怪……」

韓致宇又靠近了一些。

深呼吸、用力的深呼吸，這時候絕對不能亂了陣腳，那天在書上看見的那個理論叫什麼……想起來了，戀愛錯誤歸因，就是這個，人在恐懼、緊張或者感到刺激的時候容易把這樣的生理反應誤判為愛情，為了避免掉入這樣的陷阱這時候絕對不能注視他。

我不想讓韓致宇成為我的錯誤。

「我沒事。」

「可是……」韓致宇似乎想說些什麼卻又止住了話語，「那我送妳回家吧。」

心跳終於回復正常，緩慢的抬頭望向他，乾脆叫佑媗嚇他幾次說不定兩個人就會因此相愛，也就不必拖我下水了。

「不用了，我真的沒事。」

「那就好。」

他扯開清爽的笑容，很乾脆的坐在我的右邊，比平常更靠近一些，也許是因為方才恰好蹲在那裡所以原地坐下，然而原先始終存在的一段空白，大約能容納一個人身影的空白，忽然消失了之後，彷彿產生了什麼變化。又或許我總是太過繁瑣的思考。

「我每天回家之前都會來看夏天，跟早上比起來夏天總是沒精神很多，大概是沒有妳的關係覺得有點寂寞吧。」某一個瞬間我忽然分辨不出他指涉的是笨貓還是，他自己，「妳看，有妳在這裡，牠又活蹦亂跳了。」

「我該回家了。」

「還是讓我送妳回家吧，妳的臉色看來不太好。」

韓致宇的姿態像是採取柔性高壓逼迫法的準備動作，不想浪費力氣我安靜的邁開腳步，他旋即追上和我並肩而行。從學校到我家距離二十分鐘的路程，或許能在這段時光中將書信遞送給他。

然後我就解脫了。

踩踏著仍舊熱燙的柏油路，左腳、右腳還有他左腳右腳的聲響疊合在一起，握緊書包背帶遲遲無法下定決心。

怎麼搞得像是我要告白一樣？

其實我根本沒有必要緊張啊，如果覺得尷尬他再也不自顧自的靠近我不是更省事嗎？再說情書完全跟我沒有關係，就算是分手信郵差也是照送，我絲毫沒有猶豫的理由對吧。

終於我停下腳步。

「怎麼了嗎？」

距離一個跨步那麼遠，那是我停頓之後所留下的距離，他轉過身納悶的望向我，抬起頭我安靜的注視他，深深吸一口氣壯士斷腕一般拿出書包裡那封水藍色的書信。被定義為情書的信箋。

「佑媗……」忽視他斂下的笑容，也裝作沒看見他微微皺起的眉，必須說完的話仍舊得說，「佑媗拜託我轉交給你。」

我伸出的手，他並沒有任何承接的意願，以沉默的姿態他清晰地說：「我不會收的。」

然而在我的右手垂放之後他極為緩慢的朝我走來，在貼近卻又能感到遙遠的長度之外他停下腳步，拿走我手中握著的信，他的臉上依然不帶有愉快的弧度，在我關於他有限的記憶中無論多麼拚命的找尋，找不到任何類似的片段。他始終帶著清朗的微笑。

「明天我會親自還給她。」

「韓致宇……」

「這種事，我也就只能忍耐一次了。」

□

第二天早上他沒有出現在小天堂。

把全部的早餐都丟給笨貓，一點食慾也沒有，韓致宇並不是沒有出現，而是刻意避開我。笨貓的腳邊還有沒吃完的麵包。

雖然覺得應該跟韓致宇道歉，卻又不知道自己為什麼得道歉，只是替別人送情書而已他有必要這麼不開心嗎？

站起身拍了拍制服裙，笨貓放下食物討好的喵喵叫，笨歸笨但感覺意外的敏銳嘛，蹲下身摸了摸笨貓的頭，韓致宇總是這樣一邊摸著牠一邊和牠說話。

「欸，他今天是不是說了很多我的壞話啊？」

「喵──」

「果然，我就知道他一定在生氣，那他有沒有跟你說他為什麼會生氣？」

「喵——」

「問你也沒有用對吧，我要回教室了，你繼續吃吧。」

離上課還有一段時間但也沒有心思繼續待在小天堂，慢慢走回教室一抬起頭就看見坐在位子上的韓致宇，看了我一眼又將視線轉回面前的課本，連討人厭的閃亮亮笑容也不見了。

雖然沒有姊姊那麼慘但果然幫朋友送情書這種事千萬做不得。

「穎嵐……」佑媗可憐兮兮的走向我，再度以難以防備的速度整個人攀在我的身上，「他剛剛把信還給我了，嗚……」

拍拍佑媗的背，「這也是沒辦法的事情……」

「然後他告訴我，」離開我的身體接著她的雙手緊緊抓住我的手臂，「他已經有喜歡的人了。」

「所以呢？」

「果然告白之後輕鬆多了，」她到底知不知道她的輕鬆是用我的緊繃交換而來的，我的身體裡充斥著滿滿的怨念，還有一股莫名其妙的惆悵感，「不過妳覺得他喜歡的會是誰？」

搖了搖頭我並不想接續這個話題。

佑媗似乎很坦然的接受被拒絕的事實，也許原先就只有好感或是喜歡的程度，斷卻進路之後雖然會感到難過但卻不那麼痛，大概類似於擦破皮跟撕裂傷的差別；然而我和韓致宇之間似乎也被劃開了一道刀口，還無法分辨事故原因但裂口在那是一種事實。

□

不行、一直這樣心神不寧下去我一定會精神衰弱，所以就乾脆俐落的做個了斷。

下一節是體育課，教室裡的人不是忙著換衣服就是準備離開教室，打發了要拉著我走的佑媗，觀望了一陣子發現韓致宇身邊並沒有圍著其他人，起因也許是他「消失的笑容」。

上午女孩們的主要話題就是「找尋韓致宇的燦爛微笑」，當然佑媗又冒出粉紅色泡泡羞澀的說著「雖然不喜歡我，但還是為我感到心痛吧」這類的話，然而韓致宇的笑容消失時間越久我就有種越不妙的感覺。

到現在我還是覺得到底關我什麼事，但在我精準的推理之下得出的結論似乎韓致宇的笑容消失在我的身上。真是莫名其妙。

以盡可能自然的姿態緩慢的走向韓致宇，雖然希望永遠不要到達但教室比我想像的還要狹小，沒幾步路我就已經站在他的面前。然後面無表情的對看。我在生妳的氣。沒錯，他的眼神的的確確這樣控訴著。

真是難以置信。我到底做錯什麼，我只是發揮友愛當信差而已到底對我生什麼氣，還用這種不乾不脆的姿態逼迫我認錯。

我現在的心情就像是被誣告然後含冤被判刑。

「你在生氣嗎？」

「妳終於發現了嗎？」

講話有必要那麼酸嗎？忍耐、千萬要忍耐，絕對不能讓他破壞長久以來我所經營的完美形象。

忍一時風平浪靜，退一步海闊天空。沒必要為了韓致宇放棄我的天空。

「我……」我哪知道你在生什麼莫名其妙的氣啊。

「至少妳願意主動跟我說話，」他輕輕嘆了一口氣，扯開淺淺帶著些許無奈的笑容，「而且還是在教室。」

我低下頭。這還不是你逼我的。

「走吧，上課會遲到。」

「嗯。」

走在他的身邊，雖然不明顯但可以感覺到他嘴角淡淡的笑容，大概體育課之後女孩的話題會改為「是什麼讓韓致宇的笑容又回來了」。

只是沒想到韓致宇意外的好哄，跟個小鬼一樣。

「我第一次看見妳對我笑，」停下腳步他揚起爽朗的笑容，討人厭的閃亮亮笑容完全復活了，「明天幫夏天加菜。」

看著他走向籃球場中央的背影，他到底哪一隻眼睛看見我對他笑了？

我只是、嘴角有點抽搐而已。大概。

片段／關於十七歲那年的韓致宇

高二分班的第一天，踏進教室的第一眼我就看見她。

有好幾次我都看見她一個人走進體育館的角落，那裡是個死角、對女孩來說過於危險的死角，但她似乎總是在那裡獨自吃著早餐，太過安靜的女生或許很難融入班級，雖然這麼想卻沒有任何理由探究。

直到那一天。

在她提著書包離開體育館角落之後我繞進了那裡，因為是同班同學，而且她和班上同學的關係相當融洽，這讓她的動作又顯得更加令人費解，帶著那樣的心思還有些許罪惡感我闖入了屬於她的場所。

空無一物的牆壁與地板、或者有另外一個人待在裡面，這類的想法都曾經湧上腦中，卻從未想過跳入視野的是一隻貓。弓起身子警戒的看著我，在那之後我試了好幾次卻總是不被接受，看著小貓的時候總感覺她和小貓非常相似，都以不同形式區隔著我。

並不是很明顯，又也許只是多心，彷彿她總是小心的避開我，有好幾次我往她走去試圖說些什麼，卻總是在到達之前她就離開了位置；這並不能以靦腆或者害羞作為解釋，雖然不願意這麼想，然而她似乎並不喜歡我。

但是我的心思卻不由自主的放到她的身上。

想做些什麼，至少想和她說說話，這樣的念頭越來越強烈，但我卻一點也不知道該怎麼做，我不想將對她的心情跟任何人分享，在我有限的生命之中她所意味的特殊性暫時我還無法辨識。

或許，是所謂的喜歡也說不定。

「需要幫忙嗎？」

在她喊住另一個同學之前我打斷了她的話語，堆疊在眼前的作業我想她一個人無法負荷，雖然感覺自己有些卑鄙，但無論如何我都想和她說話。

至少，在我心中關於她的情感需要被確認。

我沒有談過戀愛，甚至沒有喜歡過哪個女孩，所以我花了很大的力氣才能在她面前若無其事的保持微笑，但心中的緊張感卻始終沒有緩和，越和她相處就越加緊張。

在腦中搜尋了上百句的開場白，卻一點用處也沒有，深深吸一口氣，只要想像她是一般同學就能流暢的對話了。

「妳很安靜。」

「嗯？嗯。」

「妳是什麼社團的呢？」我扯開微笑，暫時平靜了一些，但必須努力移開想投注在她身上的視線，只要對上她的目光我的思緒就會一片混亂，「我被拉去籃球隊所以都會想辦法拖延時間過去。」

「日語社。」

「日語啊……真厲害。」

「……沒有。」

「那有機會的話可以請妳教我日文嗎？」

鼓起勇氣我這麼說出口，也許會被當作寒暄但如果有萬分之一她說好的機率。

「我也不是很會……」

沉默突然包圍了我和她，將作業放在老師辦公室我感覺到她想離開的心思，我卻私心想拉長這段時光，最後我想起了總是不願意接受我的小貓，還有放在一旁牠始終不願意碰觸的衣服。

「可以拜託妳一件事嗎？」

值得慶幸的是她並沒有拒絕我，而是安靜的和我一起到了小貓所在的地方，「這幾天似乎會下雨所以想拿件衣服給牠，但牠完全不讓人靠近。因為我前幾天有看見妳餵牠，才會想說不定牠會比較親近妳……」

從那天開始我就下定了決心，想要以自己的方式一步一步的朝她走去，也許我心中還有更深的盼望，但是現在的我，也只是想延長記憶中僅僅屬於我和她的記憶而已。

□

「果然昨天跟妳一起來看牠之後，像是得到認可一樣牠今天就當我是朋友了。」

比平常早了半小時進到學校，坐在她每天早上待的地方莫名的讓人感到緊張，或許她會生氣也說不定，畢竟我蠻橫的闖進了她私人的場域；然而我的自私卻凌駕了理智，憑藉著一股衝動走了進來，並且在腦中反覆練習著不突兀的對話。

然後她終於在我身邊坐下。

隔著足以放進另一個人的距離，我猜想這正是我必須前進的空間，然而被圈劃在這小而私密的角落，有一種小小的幸福逐漸膨脹，她和我以及小花貓，有時候我荒謬的希望這世界只剩下這麼多。

「我可以和妳一起吃早餐嗎？」

「嗯。」

「其實我很怕打擾到妳，有好幾次都看見妳一個人待在這裡，所以妳沒有拒絕真的讓我鬆了一口氣。」

真的，我好害怕聽見她的拒絕。

或許帶著些許不情願，然而至少她暫時容許了我的存在。

「明天、我還可以來嗎？」

「我……」她抬起頭望向我，差一點我就把頭轉開但如果被發現或許就會被推開，然後太過值得慶幸的是，鐘聲響了。

我明白這樣相當蠻橫，然而卻無法壓抑自己的想望。在平淡而單調的高中生活當中，她的存在像一朵燦爛的花，安靜的綻放卻沒有人發現；而我的私心正祈禱著不要有任何一個人瞥見她的美好，那麼這或許能夠成為我的一種獨佔。

「每次和妳在一起都會不小心忘記時間呢，」我站起身，沒有留給她任何回答的空間，「走吧。」

於是，我開始走進這塊小而美好的世界，也許有一天能夠成為之中的一個部分，在那之前請讓我好好珍惜這段僅僅屬於她與我的時光。

□

替小貓取了名字叫做夏天，然而她卻沒有喊過這個名字。一次也沒有。

「妳不喜歡夏天這個名字嗎？」

「沒有。」

「但是妳從來沒有這樣喊過牠。」

我以自己最輕快的語調問著，我只是想知道卻又擔心她會感到被質問，她低下頭，我正想解釋她卻緩慢的開口，「因為牠終究會離開。」

她並沒有仔細的說明，其實這個話題就到這裡畫下了句號，卻在我的心中留下很深的什麼，彷彿那裡有一個缺口，讓人一腳踩空卻沒有掉落；望著她的側臉或許我所看見的她只是一種鏡像，而並不是真正的她。

誰也沒有看見過她。

「夏天好像長大了，變重了呢。」

「嗯。」

我深深的吸氣又慢慢的吐氣，在家裡我練習過無數次的稱呼只要輕快自在的說出口就不會被起疑，就像是閒聊一般說出來就好。

「穎嵐。」
「我可以這樣叫妳嗎？」
「嗯。」
「除了小朋友以外，我第一次這樣喊女孩子的名字。」
她並沒有拒絕我鬆了好大一口氣。然而一鬆懈下來的結果就是用了相當不恰當的比喻，其實我只是想讓她知道，她是第一個我只喊名字的女孩，但直接說出來又太過害羞，但慶幸的是她並沒有不悅的表情。
接下來就是反覆練習的下一句：「那、妳可以也喊我致宇嗎？」
她停頓了好久，雖然有些失落但這也是預想之中的狀況。
「很困擾嗎？」我頓了幾秒鐘，害怕連退後一步也不被接受，那麼不但無法前進還會離得比起初更遠，「不然連名帶姓喊我韓致宇也沒關係，我只是、只是沒聽過妳喊我的名字。」

「該回教室上課了。」她快速的站起身，我想這是替我保留餘地的拒絕，望著她的身影也許下一個瞬間她就會踏出這個小小的世界，「韓致宇你再不走會遲到。」

她剛剛說了什麼？

她剛剛是不是喊了我的名字？

我的心跳得好快。必須很努力才能壓制住自己張揚的嘴角。

「這是妳對我說過最長的一句話。」我想說的並不是這個，還有更加重要的、一定要告訴她的，「也是妳第一次喊我的名字。」

她不發一語的往教室走去，帶著止不住的笑容加快腳步走在她的身邊，這也是第一次她讓我和她並肩走在一起而沒有刻意放慢速度落在我的身後，雖然她還是往右遠離了一步，但是能夠走在她身邊我就感覺自己快要爆炸，開心的想讓全世界知道，卻又貪心的想將她當作秘密。

我想，我是真的不可自拔的喜歡上她了。

17之三

只要仔細觀察就能發現破綻，無論是注視著韓致宇或者我，只要仔細的凝望就會察覺。並肩而行的我和他從來就不是巧合。

我和韓致宇之間那足以容納一個人的空白在我察覺時已經消失不見，太過流暢而自然的他坐在我的右手邊抱著笨貓，笨貓的尾巴總是在我大腿上晃來晃去，只要稍稍一移動就會擦過韓致宇的衣服邊緣；我輕輕移向左邊，等到下一次發覺兩個人的距離又縮短到起初的狀態，在我和他之間，只剩下勉強能放進手掌的長度。

這傢伙實在太過得寸進尺。

自以為自己是我的朋友就能縮小警戒範圍嗎？不知道離那麼近我反而好暗殺他嗎？只要一轉頭我就……

……就會轉回來。

那麼近距離的看著他閃亮亮的燦爛笑容實在很傷眼睛，每次都覺得刺眼以至於無法順利攻擊他，只能快速的轉回頭低下頭斂下眼讓眼睛得到舒緩，然而這樣一連串的動作乍看之下就像小少女害羞的標準程序，所以差一點點我就以為自己害羞了，但就是在有限而微小的邊緣我拉住了自己的理智，微微發燙的雙頰大概是為了自己策略失誤而感到丟臉。我應該要想出一個更加不著痕跡的暗殺方式。

「常常會希望早自習的鐘聲永遠不要響呢。」韓致宇的聲音輕而悠長，彷彿敲擊三角鐵一般小力卻精準的擊中能發出最清脆聲音的位置，「鐘聲一響就得離開這裡，就好像這裡是我們的世界，而為了生存我們不得不踏進另一個世界一樣。」

……我們的、世界。

轉過頭我對上的是他太過直接的雙眼，淺淺的微笑幽黑雙瞳裡倒映的是我的臉龐，究竟在那一瞬間我看見的是他或是自己在多年之後我仍舊無法釐清。時間彷彿靜止在這個畫面，剩下我和他的這個世界，隔絕了所有外來的喧囂，安靜得如同能夠聽見心跳，傳遞到另一彼端。

我眨了眨眼他依然在我面前，他的笑容那麼的近，或許是因為太過靠近的凝望而讓我往後的日子裡反覆的想起，那一個早晨的靜謐與振動。

貼在胸口上微微的振動，彷彿微風一般沁入心底深處，留有那一瞬間他的定格以及、隱約的氣味。

笨貓的叫聲竄進了我和他之間，像是要彌補方才靜止的片段，時間快速的流動，快得讓人感到有些暈眩，我轉開頭將視線投遞於遠方的某一點。至少是不存在著他的某一點。

「穎嵐……」

然後鐘聲響了。

世界並不會因為哪個人的期盼而改變速度，不遠的他方是我們不得不存活的世界。不屬於我和他的世界。

不對、這裡明明就是我的小天堂，韓致宇居然這麼堂堂正正的用「我們的世界」來瓜分，奪走百分之五十的所有權怎麼想都太過蠻橫。站起身笨貓在腳邊轉了幾圈之後停在原地張望著我和韓致宇，鐘聲依然持續著，我緩慢站起身拿起書包安靜的走回教室。

韓致宇不著痕跡的走在身邊，在任何人眼中那都只是一種湊巧，「我和他總是在鐘聲響的時候才進教室」，對每個人而言都是合理而流暢的事實。然而只要仔細觀察就能發現破綻，無論是注視著韓致宇或者我，只要仔細的凝望就會察覺。

並肩而行的我和他從來就不是巧合。

呂芝綺在那一天發現了這件事。

□

「妳跟韓致宇在交往嗎？」

「什麼？」呂芝綺氣燄高張的站在我的面前，這類人並不會出現在我的交友名單之中，而我也不懂她為什麼會向我丟出這句幾乎是肯定語氣的句子，「妳是不是誤會什麼了？」

「我發現妳天天都跟韓致宇一起進教室。」

「可能剛好我們都習慣在那個時間到學校，所以在走廊上走在一起也是很正常的事情……」

一不小心我也用了「我們」來指涉我和韓致宇，儘管是如此細微的枝節卻如同微血管的存在密布於我的體內，太過流暢而自然，不經意的我皺起眉，卻來不及思索更深的意涵。呂芝綺並沒有給我這個空間。但那微微的震動感卻在我的意識之外無聲的延伸。

「是嗎？」呂芝綺半信半疑的盯著我，「我看到了喔，那天韓致宇心情不好，妳跟他說過話之後他就回復平常的樣子，至少這不是什麼碰巧吧。」

忍住想皺眉的衝動，停頓了幾秒鐘確認自己的語氣平順而和緩，並且以真實與謊言參半的方式進行陳述，這是最容易取信對方又能掩蓋事實的方法。顯露一部分的真實反而讓人看不清全貌。

「我朋友向他告白被拒絕，他大概覺得傷害到對方所以心情不好，但我朋友沒事，我只是過去告訴他這件事。」

沒必要解釋這些，然而對於一個端著女王架勢並且相當明顯就是來找麻煩的人，忍耐幾分鐘會換來海闊天空，尤其是當對方不將自己當作威脅時她甚至連正眼都不會看我，因此此刻我硬撐的笑容都是為了將來的輕鬆。

全都是因為韓致宇。

很好，他的罪狀又多了一條了。

呂芝綺瞇著眼居高臨下的盯著我，在班上人緣一向不好的她似乎把應該拿來修補人際關係的力氣用來發展自己的乖張性格，事實上也沒有什麼不好，至少不像觀賞用盆栽被不具審美觀的人修剪成奇形怪狀，而是相當天然的狀態；當然我並不喜歡她，更加討厭站在我面前一臉女王樣的她，純粹只是以探討事物本質的角度來分析這件事。再怎麼說大概我跟她的差別只在於我扭曲得很低調而已。

「反正妳怎麼說又沒人可以證明那就算了。」我臉上的和善表情瀕臨瓦解，不著痕跡的深深呼吸，冷靜、堅持、放棄就功虧一簣了。這是訓練顏面神經的好機會。她看著我，「妳只要回答我兩個問題就好。」

「什麼……問題？」這時候必須表現出一種帶有恐懼感的遲疑，降低對方的戒心也消弭她對我莫名高漲的敵意。真是麻煩。

「妳喜歡韓致宇嗎？」

差一點我就冷冷的笑了出來，這種問題用直覺就能夠回答，「我怎麼可能會喜歡他呢。」

「那他喜歡妳嗎？」

呂芝綺那雙扭曲的雙眼到底看見了什麼樣的世界，怎麼會跑來問我這種莫名其妙的問題？

以韓致宇罹患王子病的嚴重程度來推想，大概是在哪個時候用閃亮亮的笑容對著她笑，或是帶著維護世界和平的理想不小心拯救了呂芝綺，總之相當明顯儘管呂芝綺的人格發展有點扭曲，但品味倒也很一般大眾。真讓人失望。

「我想妳是不是誤會什麼了，我跟韓致宇連話都沒說過幾次，所以，不管怎麼想都不可能吧。」

「是不太可能。」

相當沒有禮貌的呂芝綺說完這句討人厭的話之後自顧自的轉身離開，看著她存在感極為強烈的背影我拚命忍住拿東西扔過去的衝動，一邊用著剩餘的腦袋想像韓致宇和她手牽手愉快對望的畫面，但只持續一秒鐘。太過讓人不舒服的畫面。

韓致宇大概會找個公主站在自己身邊，他就是這樣沒創意，真是、越想越煩躁，韓致宇的燦爛笑容像鬼故事畫面一樣不斷浮上我的腦袋，甩了甩頭把腦袋裡的髒東西用力揮掉。

「真是討人厭的韓致宇，牽扯上他的事就麻煩得要死。」才剛要離開卻發現鞋帶鬆了，蹲下身仔細的繫好鞋帶，順便把它加在韓致宇身上，「現在的高中女生怎麼也那麼缺乏想像力，三兩下就被韓致宇那種閃亮亮的樣子給勾引，一點調劑身心的娛樂都沒有。」

好了，真是工整的蝴蝶結。心情稍微愉快一點我輕巧的站起身，忽然間頭感到有些暈眩，但我無法分辨是站立得太快導致姿勢型低血壓或是、眼前鬼魅一般笑得相當邪惡的呂芝綺。

「好心走回來告訴妳下一節課改教室，沒想到看見那麼意外的一幕……這就叫做，好心有好報嗎？」

我可以拋棄形象罵髒話嗎？

「我……」揚起氣質的笑容帶著納悶表情看著呂芝綺，雖然已經做好最壞打算但我還是不想承受最壞的結果。

「妳放心，我不會告訴別人，就算我告訴別人他們也不會相信。」

收回氣質的笑容，安靜的看了她幾秒鐘。

「那就請妳記住妳自己說過的話，我最討厭麻煩的事情了。」

「如果跟我搶韓致宇會是更麻煩的事情，妳應該知道這一點吧。」

所以皇后討厭白雪公主的原因是為了要爭奪王子嗎？但我不是白雪公主也不會笨到吃下一顆來路不明的蘋果，更何況我對王子一點興趣也沒有。

「先把他變成『妳的』才會有搶不搶這種衍生問題吧。」冷冷的勾起嘴角，我一直想這樣當壞人放冷箭一次，小綿羊當久了很鬱悶啊，「所以妳該去找的是韓致宇而不是我。」

□

從那天開始呂芝綺總是用相當不友善的眼神瞪著我，害我都有點擔心她的眼睛會不會因為太過用力而提早老化，偶爾她會在四下無人的時候挑釁我，但久了卻更像是鬥嘴一樣，雖然不想承認但她的確讓我的生活有趣了一些。

「做作女，聽說妳用這張假臉騙了不少男生吶。」

「很羨慕嗎？」體育課自由活動找了理由待在樹下休息，排球對我而言是很可怕的運動，而呂芝綺大概是不想進行團體活動，「要不要教妳一點，讓妳可以去騙韓致宇？」

「騙來的男人跟愛情一點價值也沒有，充其量是假象而已。」

「妳意外的純情呢，真讓人毛骨悚然。」

「總比妳這種黑心做作女來得好，妳遲早會有報應。」

「所以從我十二歲開始我就自動自發的每天唸一遍佛經，妳大可不用擔心我。」

「妳喜歡韓致宇吧。」

「什麼？」話題什麼時候繞到這裡我都不知道，「跟妳說過很多次了，不喜歡就是不喜歡，喜歡的話早就下手了。」

「妳果然是笨蛋。」

「不喜歡韓致宇就是笨蛋嗎?這世界上又不是只有他一個男人。」

「妳就最好永遠都這麼想，韓致宇真可憐，不過這樣……」然後呂芝綺很認真的注視著我，接著嘲諷的笑了，「我也多了一點機會。」呂芝綺俐落的站起身，拍了拍褲子上的灰塵，「不想待在這，要不要蹺課?」

「妳忘了我是好學生嗎?」

「那就假裝去洗手間，反正這種事妳應該得心應手。」

我是不想待在這裡沒錯，雖然我一直觀察著排球場的動態但離得很近難保球不會往我身上砸來，自從弟弟小時候不小心用球砸到我的臉之後，我就本能性的排斥所有超過我掌心大小的球狀物體。

站起身走在呂芝綺的背後，趁著同學們熱烈的打著球無暇分心的空隙和她繞過球場，走到排球場邊時呂芝綺卻停下腳步。

「不覺得韓致宇很帥嗎?」

「妳發花癡嗎?」

順著她的視線看去精準無誤的投注於韓致宇身上，陽光照耀之下他顯得太過閃亮而刺痛了我的雙眼，斂下眼的下一個瞬間我卻感覺到一陣短暫的空白，等到發覺的時候我已經跌坐在磨石子地板上，雙手反射性的摀住臉吃痛的低下頭，眼淚一滴一滴流下來，在模糊之中看見的是滴落在我的褲子上，暈染成花的血滴。

「欸，譚穎嵐妳沒事吧？」

呂芝綺抓住我的手臂看見的是她緊緊皺起的眉，她塞了好幾張面紙到我手上，耳邊嗡嗡嗡的作響，大概是同學們都圍了過來，我終於將整個過程串連起來，大概我是被哪個人打過來的球狠狠的砸中，於是我脆弱的鼻子很哀怨地流了血。

很醜。沒錯這是我第一瞬間浮上的念頭。

我想抓住呂芝綺的手沒想到卻握住了另一隻更加結實的手，下一瞬間我被他擁進懷裡，我送她去保健室，於是我被騰空抱起，什麼也看不見，眼前只剩下我的血在他的體育服上緩慢的染開。

沾上血很難洗掉的……

我一度以為自己會很丟臉的死於流鼻血過多，但終於止住血，相對的我的衣服褲子也沾上一大片的血，不知情的人也許會以為發生了慘烈的打鬥，他的衣服上留有一片暗紅。不斷提醒我不久前我就靠在那裡。

「對不起……」

「為什麼要說對不起？」韓致宇揚起安撫而燦爛的微笑，輕快的說，「不過真的是嚇死我了，幸好沒有什麼大礙。」

「衣服……」

「沒關係啦，等一下脫下來洗一洗就會乾淨了，但是看妳滿身是血讓人很心疼。」

……心疼？

幾乎是望著他發呆我的意識空白了幾秒鐘，心疼，喃唸著這兩個字但我稍稍施力捏了自己的大腿。不對、高中男生用這個字怎麼想都很不搭調，所以大概是我頭昏聽錯了。

不這麼想也許我就會錯亂了也說不定。

「下一節課妳就在保健室休息吧，我會告訴老師。」他站起身溫柔的凝望著我，「雖然想待在這裡陪妳，但大概會造成妳的困擾吧，好好休息，下一節下課我會來這裡陪妳回教室。」

望著他逐漸縮小的背影，我的心底有些什麼正逐漸暈開，如同那染血的衣服漾開一朵鮮紅奪目的花，下一個瞬間呂芝綺的身影卻掩去了他的畫面，抬起頭看著她一步步朝自己走來，面無表情的在床邊的椅子坐下。

「到這種程度了妳還什麼都沒發覺，果然不是普通的笨。」

「這是對待傷患的態度嗎？」

「我很喜歡韓致宇，比妳所能想像的還要喜歡。」她不加掩飾直直的盯望著我，「所以就算可能性再小我也不想放棄，不過現在就算努力做些什麼也只會被拒絕吧，所以我一直在忍耐也一直在等待，等到他死心之後他的雙眼就會看見其他人了。」

「妳到底在說什麼？」

失血過多我的腦袋仍舊昏昏沉沉，儘管我很聰明但呂芝綺這番像是隱喻一樣的話至少現在我無法仔細思考。忍耐。等待。死心。這些字眼繞啊繞的卻勾勒不出一個具切而完整的輪廓，我只能稍微理解在那之中存有著韓致宇、存有著呂芝綺，甚至存有著我。

「譚穎嵐，如果哪天妳發現自己喜歡上韓致宇的話，就來決勝負吧。」

「就說了我不喜歡他……」

「所以我說了『如果』。」

呂芝綺為什麼非得要把我跟韓致宇綁在一起不可呢？真是難以理解，「隨便啦，這種如果來如果去的事情，如果我哪天掉入韓致宇閃亮亮的陷阱的話，在採取行動之前會先告訴妳，這樣妳滿意了吧。」

「不要忘記妳說過的話。」

片段／關於十七歲那年的韓致宇

「你這隻見食物眼開的笨貓，就算韓致宇買的麵包比較高級、他對你比較好也比我常來這裡，但再怎麼樣我們也認識比較久吧，整天黏在他身邊小心我戳你肥滋滋的大肚子出氣。」

停下腳步我看見的是前方蹲在夏天身邊的她，確認了好幾次終於明白那些話語的確是來自於她，帶有躍動感的語調以及令人莞爾的內容，和我所看見的那個她大相逕庭，往後退了一步並不想驚擾她，這或許是我始終認為她和我相隔了一大段距離的原因，她覆蓋了真正的自己。

雖然不該躲在一旁張望，然而我卻想仔細凝望她真實的一面，儘管讓人意外但我心中浮現的並不是失望反倒是另一種雀躍，靦腆的她沉靜得如同一朵低調的花，此時的她卻是輕快踏著步的貓。

就像夏天一樣，偶爾親近偶爾疏遠有時安靜又有時雀躍的在我身邊繞著圈。她總是令人意外。

然而藏匿住自己的身影或許是因為在心底更深處期盼著，也許有一天她能夠以真實的面貌顯露在我的面前，那並不是一種強行的拆穿，而更加希望她能衷心的對我揚起笑容。

「笨貓，你說，到底為什麼韓致宇最近都坐得那麼近？是想讓我近身搏擊嗎？」

她和夏天的對話愈發讓我壓抑不住笑容，孩子氣的模樣又帶點自作聰明，同時聽見她流暢的喊著自己的名字就讓人開心，遇上她之後如同每天每天都在重新認識自己一般，有時候訝異自己只因為她的一眼而滿足，也有時候害怕自己對於她的貪心，複雜的感情交疊勾勒而起的是再也無法被取代的她。

這世界僅有而唯一的她。

日子以相當安靜的方式滑過，在書裡、在電影裡反覆被提起燦爛的高中生活也逐漸遞減，高二到高三彷彿像轉身就到達那麼近，而我和她卻依然以近得奢侈卻也遠得讓人以為永遠無法抵達的距離肩並肩坐在一起。

她總是在早自習之前待在這個世界，只有她和我以及夏天的這個小小世界，縱使明白這一點我依然在每天放學之前繞進這裡，和夏天說再見，也帶著一絲看見她身影的期盼。

「穎嵐？」儘管始終期待著，看見她的身影卻太過意外，她低下頭右手按著胸口，在她的臉上閃過近乎忍耐的神情，「不舒服嗎？」

她只是搖了搖頭。

在她的身邊坐下，抹去那始終在我們之間的一大段距離，也許是趁人之危然而在這樣的情景之中儘管不能做些什麼，如果可能的話，也希望能給她多一些的支持。並且讓我的私心稍稍的放肆。

「我每天回家之前都會來看夏天，跟早上比起來夏天總是沒精神很多，大概是沒有妳的關係覺得有點寂寞吧。」而我也是，暗自吸了一口氣避免自己洩漏過多情感，「妳看，有妳在這裡，牠又活蹦亂跳了。」

「我該回家了。」

「還是讓我送妳回家吧，妳的臉色看來不太好。」

雖然帶著想拒絕的神情但她終究安靜的讓我跟在她的身後，有很多時候我總是用著笑容施力讓她妥協，在我心中左右兩端的力量劇烈的拉扯，不該這麼為難她，但另一股更大的拉力卻大聲的喊叫著，或許一退後就連一點可能性也都不剩了。她的步伐比平時更慢，整個人緊繃到彷彿連空氣都難以流動，最後她停下腳步。

「怎麼了嗎？」

站在我的面前，她深深吸一口氣將水藍色的信箋遞給我，無論多麼樂觀那都不會是來自於她的雙手。而是另一份我無以承受的感情。

「佑媗、佑媗拜託我轉交給你。」

「我不會收的。」像是被猛烈敲擊一樣我的心泛起疼痛感，然而更深的痛卻是她並沒有錯，對她而言只是替朋友順手遞封信而已，「明天我會親自還給她。」

「韓致宇……」

「這種事，我也就只能忍耐一次了。」

再多的什麼，無論是什麼我都無法忍耐了。也許下一次我會壓抑不住將所有感情宣洩出來，穎嵐，妳知道嗎，我多麼希望能夠讓妳明白我的心情，然而妳的抗拒以及那淡不可見卻斷然存在的阻隔，都讓我害怕任何的表露都可能失去妳。

那一夜，翻來覆去我徹夜無眠。

我也終於明白，譚穎嵐這個人對我的影響力已經超出我所能想像的程度了。

我多麼希望終有一天，能將自己的感情傳遞到她的掌心，讓她能夠具切體會到來自於我的溫度與，想望。

17之四

眨眼的瞬間淚水滴落而下，水珠在他的手背上已然匯流成河，滑落在我的制服裙上，雖然是我的淚卻已經染上了他的氣味。

彷彿有些什麼滲進我的體內，無法具體說明卻無庸置疑在我身上產生了某些變化，尤其是在我把英文考卷拿到講台交給老師，轉過身對上他的雙眼的那瞬間，在我意識中造成的晃動大到難以忽視。

斂下眼快速的收好書包，和仍舊與英文考卷拉鋸著的佑媗輕輕揮了手，緩慢走出教室心情卻鎮定不下來。

考試很簡單沒什麼好緊張的，適當的錯個幾題不要高分得引人注目，除此之外對於成績好的學藝股長也不會有人特別在意，所以並不是因為考試。最近身體相當健康，不小心還胖了一些，所以也不是心悸或者其他問題。除了裝模作樣以外我也沒做壞事而且還天天唸佛經，更不會因為罪惡感而心神不寧。我現在肚子也不餓，不會因為血糖低而發抖……

那到底是為什麼？

停下往校門口走去的腳步折向小天堂，需要一個讓人平靜的地方。

雖然笨貓越來越胖但我還是在途中繞去福利社買了一塊麵包，而且還多花了五塊錢買了鮪魚口味，最近那隻挑剔貓居然開始嫌棄我買的吐司，完全就是被韓致宇給寵壞了。

「笨貓，三秒鐘不出現我就當著你的面把麵包吃掉。」晃了晃手上的麵包喊了好幾聲卻沒看見笨貓的蹤影，「笨貓、笨貓，你快點出來啦。」

在小天堂的各個角落都找了一遍，笨貓很膽小從來不敢到太遠的地方，我越找越焦急、越喊越急促，突然想起某個同學說過這幾天學校請人來抓流浪狗，說不定笨貓也……不會，絕對不會，笨貓還是很精明的，一定會想辦法躲起來，對、牠現在就只是躲起來而已……

然而下一秒鐘我的身體卻全然凍結，腳下所踩到的衣服似乎染上了暗紅色的痕跡，那是韓致宇拿給笨貓的那件衣服，在地上拖來拖去卻還是莫名其妙很乾淨的衣服，蹲下身我緊緊抓住仍舊留有笨貓氣味的衣服，淚水卻無法控制的滴落，無論多麼善意的解釋那沾染上的確實是血。

即使預料了失去但無論如何都不願意是這麼令人哀傷的場景，並且如同掠奪一般太過猛烈太過突然也太過不留情的刺進我的胸口。

「穎嵐？」抬起頭淚水模糊了我的雙眼，然而不會錯認站在我眼前的韓致宇，透著微光我看見他擔憂的神情，蹲下身他輕輕握住我的手，「怎麼了嗎？」

安靜滴落的淚水在他溫柔的嗓音之中全然崩堤，我無法遏制的大哭，笨貓、笨貓被抓走了，含糊的這麼說著，自顧自的哭著；忽然間我感覺到自己被擁入溫暖的懷抱之中，不輕不重的圍繞那是一種傳遞支持的試圖。

我明白韓致宇同樣很難過，然而他卻努力的安慰著我。

「夏天如果知道妳這麼難過，牠也會傷心的，嗯？」

緊緊抓住韓致宇，在小天堂之中時間彷彿從來就不具意義，這個包含著我包含著他同時也包含著笨貓的小天堂在一瞬間瓦解了，如同面臨不可抗的地震毀壞了好不容易建立起的一切，被留在原地的我和他卻無能為力。

天色似乎暗了一些，終於止住淚水的我手裡還緊緊抓著要給笨貓的麵包，韓致宇拉起我坐在如日常一般的位置上，假裝著笨貓還在，又或者是希望我接受笨貓已經不在的現實。

我扯開麵包包裝，將麵包剝成兩半遞給韓致宇，沒有任何交談也不需要任何聲音，默默的我和他一起咀嚼著、並且一同吞嚥下，這微小卻難以承受的哀傷。

□

韓致宇和我依然天天坐在相同的位置吃著早餐，笨貓的衣服也始終放在原位，彷彿我們都相信著笨貓只是貪玩總有一天會回來，然而在我和他之間卻竄流著過於沉默的空氣，沒有交談、沒有聲音卻有絕對的陪伴。

「穎嵐。」

今天是笨貓離家出走的第十天。韓致宇終於打破了厚重的凝滯感，然而我低下頭並沒有給他任何回應。

接著隔了一段長長的沉默最後他這麼說：「夏天不會回來了。」

用力的我抓握著裙襬，死命的瞪著暗棕色的地面，韓致宇站起身走到我的面前蹲下，雙手結結實實的握住我過於施力的雙手，抬起眼不期然的我對上他太過深邃的幽瞳。那裡有的是擔心、哀傷以及，不得不跨越的堅定。

我的淚水一滴一滴的打在他的手背，發現笨貓失蹤那天之後我一次也沒有哭過，彷彿認定只要哭泣就等同於承認笨貓的離去。那裡帶有著一種令人不愉快的永遠。

「我知道牠不會回來了，但是、但是我一直不想承認這件事……」

被韓致宇握著的雙手感覺到更大的力量以及更猛烈的溫度，眼前是被水氣模糊的他的面容，沒有印象中那種耀眼微笑甚至連一絲弧度都沒有被勾勒，太過認真而焦灼的眼，這是我第一次那麼仔細的注視著他。

任何掩飾都沒有，沒有刺眼的陽光、沒有閃躲的動作並且連一點風也沒有，眨眼的瞬間淚水滴落而下，水珠在他的手背上已然匯流成河，滑落在我的制服裙上，雖然是我的淚卻已經染上了他的氣味。

忽然間我發現，我一直沒有看見這樣的韓致宇。

卸下敵意撤去防備，安靜無聲的凝望著他，太過真實的存在並且透過雙手交疊而成為一種證明。

我的淚已經停了，需要一段時間來接受笨貓已然離去的事實，或許這沉默而凝滯的十天並不單單是我一個人在凝聚力氣，始終坐在身邊的韓致宇以他的方式溫柔的陪伴著我。

太過堅強而肯定的陪伴著我，以至於讓我忘了他也一樣傷心。

「如果你想哭的話，我會當作沒看見。」

「沒關係，我把淚水留給妳，所以妳可以放心的哭，只要記得我始終在這裡陪妳。」

……我始終在這裡。

那一瞬間像是韓致宇拿著鈍器猛烈地敲擊著我的意識，我斂下眼用力的盯望著他的雙手以及在那之中的我的雙手，我終於明白這些日子以來逐漸在我體內擴散的那些心思，源自於韓致宇。

對於韓致宇的感情。

不是敵意不是厭惡也不是煩躁，正好是被這些負面情緒用來掩蓋的另一個反面。也許是喜歡。

忽然間我想起呂芝綺曾經對我說過的話，原來她比任何人都還要早發現，或許很早之前我就已經掉入了韓致宇閃亮亮的陷阱裡。

然而我並不是被他的笑容蠱惑，而是陷入他深深的雙眼。

我早就和笨貓一樣淪陷在他燦爛的笑容之中。已經來不及後退。

「夏天……」終究我還是喊出了他幫笨貓取的名字，我一直認為無法持續的就不要賦與特殊性，那麼失去的時候就不會那麼心痛，然而那並不是名字那麼簡單能夠抵抗的，打從一開始，共有小天堂的那一秒鐘開始，就已經註定了笨貓的不可取代，同樣的、還有韓致宇，「不會回來了。」

「嗯，」他低聲的回應，隔了一段漫長、或者只是在我意識中延伸的漫長，緩慢而堅定的他說，「但是我還在。」

□

呂芝綺丟了一瓶飲料給我，流暢的在我身邊坐下，或許是最近我的心情明顯的低落，連帶的她也顯得友善許多。

「有下毒嗎？」

「要謀殺妳不必那麼麻煩。」

旋開瓶蓋緩慢的喝著冰涼的茶飲，甜膩的滋味滑入喉嚨帶著低溫進入體腔，這不是我所喜歡的感受，然而我們卻偶爾會被令人不愉快的知覺稍微拯救，彷彿以反向的刺激作為存在的證明。

「妳最近是在陰沉什麼？」

「有嗎？」

「沒有就算了。」

為了下星期的排球比賽而充當練習時間的自習課，我依然在有限的活動範圍內找了一個距離球場最遠的位置，上次被球狠狠擊中的好處就是沒有人會要求我參與。我的視線隨著球場上的身影來來回回，每一個移動每一個跳躍以及每一個笑容，我的目光再也不是那顆可怕的排球，而是閃亮亮的韓致宇。

好不容易接受了笨貓的離去，沒想到接著必須要說服自己適應的是喜歡上韓致宇這件事。

「欸，」我說，「妳為什麼會喜歡韓致宇？」

「因為他是唯一一個以同樣的方式對待我跟其他人的人。」呂芝綺以我所未見過的認真如此回應，抬起眼她望向我，「妳不是對這件事最沒興趣了嗎？」

「是沒興趣。」大口灌下甜膩的綠茶，退去冰涼的液體顯得更加膩口，「但是我開始對韓致宇有興趣了。」

沒有必要對呂芝綺隱瞞，她比我還要早看穿情愫的存在，並且設下陷阱讓我結實的落入。**我一向很遵守承諾**，所以第一個告訴她，而且既然她說要決勝負那就決勝負吧，雖然感情無法定論輸贏，但那本來就是場賭注。

「我還在想妳會笨多久，不過既然妳這麼乾脆，那就多給韓致宇一點時間吧。」

「給韓致宇什麼時間？」

「妳不知道最好。」她勾起一邊的嘴角帶著嘲諷感輕輕略過，也許那時候我堅持一些追問一切都會改觀，然而那時的我卻認為那只是無關緊要的話語，**在我們的人生中有許多被自己以為可以略過的枝微末節都可能讓整個生命完全翻轉，**

「那就從下個月開始吧。」

「開始什麼？」

「三分球。反正感情跟投球一樣都憑運氣，先投進的人就能告白，沒投進的那個人就得把感情放在心底，不能說出口。」

「我討厭球類運動。」

「這也沒辦法。」

然後我同意了。於是從那天開始，每天放學之後我和她都站在籃下將球、或者該說我們的期盼努力的投進那狹小的圓，一天一球，每天每天都帶著期盼以及害怕對方投進的心思，或許愛情正是如此令人期望卻又感到退縮。

在那之間也許能傳遞一些自己的感情，雖然這麼想卻總只是安靜的坐在韓致宇的身邊默默吃著早餐，帶著貪戀的心情盡可能記憶下僅屬於我和他的片段，在我們的世界裡兩個人肩並肩坐著。

等到很久很久的以後我才明白，那正是所謂微小然而確實的幸福。

第一天，我奮力投出的球擦板彈出。而她落空。

愛情總是以如此貼近的距離，擦身而過。

17之五

然而太過純粹的感情卻比我所能想像的還要重，在那之中沒有任何雜質沒有任何覆蓋物可以被除去，幾近純物質的愛情，無法減少質量也無法忽略那晶瑩剔透的美麗。

我和呂芝綺每天放學都站在籃框下凝聚心神的投出那天僅有的一次機會，對方的每一個落空都成為自己另一個希望的開始，而自己的失望卻又成為對方的希望，日復一日相互疊加而上的期盼與失落，在那之中也讓韓致宇的存在愈加無法割捨。

笨貓的衣服被扔進了垃圾桶，然而少了笨貓的日子卻沒有太大的不同，從那時候起我明白了無論是多麼令人痛苦的失去，人仍舊能夠壓著傷口往前走，也許帶著一點笑容便能抹去所有逝去的痕跡。

每天我依然坐在相同的位置吃著早餐，逼迫自己注視著空蕩蕩的前方，反覆的告訴自己所謂的失去是無法逃躲的必然；然而韓致宇總是坐在右手邊相同的位置，開朗的談論著任何可能的話題，這是他的溫柔，也逐漸讓我相信因為身邊有他所以任何失去都能夠被跨越。

卻沒有去想如果自己失去的是他，有誰會以相同的溫柔陪伴著我。

「天氣越來越熱了，總感覺身邊的所有事物都在進行倒數，畢業倒數、指考倒數、穿著制服的歲月倒數；但很多事情總是希望能永遠延續下去。」

韓致宇說著話的時候總是會看著我，然而我總是低著頭緩慢的咬著早餐，或許是害怕自己在那樣的凝望之下會將感情全數傾瀉而出，偶爾會覺得和呂芝綺的約定很無聊，乾脆不顧後果的告白也省得拖磨；但我始終沒有，並不單單想守住自己的承諾，如同韓致宇所說的，很多事情總是希望能延續下去，至少想留住這寧靜而獨有的早餐片段。

我們的世界。僅僅屬於我和韓致宇的世界。

然而沒有什麼是能夠被永遠延續的，我們所做的任何努力，都只是一種掙扎，試圖留下極大值的什麼，但前方總是有終點。

「你想延續的是什麼呢？」

通常我總是聽著韓致宇說話，偶爾簡單的回應，起初不想相互牽扯的心思被希望能聽見更多他的聲音取代，於是我比任何時刻都更加仔細的聽著，事實上也不需要太大的努力，我的所有知覺彷彿都以韓致宇作為第一優先，無論他在哪裡，總是太過輕易的攫獲我的注意力。

然後鐘聲響了。

站起身之後韓致宇拉住我的手腕，帶著訝異我抬起頭望向他。他帶著一種安靜感揚起嘴角邊的弧度，靜止一般我陷入他所圈劃的世界之中。

「我們的世界。」

手腕彷彿還留有韓致宇的餘溫，我的意識正劇烈的動搖，無法精準的掌握韓致宇的含意，想延續的是我們的世界，太過曖昧的話語以及那瞬間他抓握住的手腕；然而那樣的交疊還來不及激起漣漪他就鬆開，儘管試圖加諸更深的意涵卻沒有延伸的力量。或許他只是貪戀於早餐時刻的恬靜。

□

「妳為什麼會喜歡上韓致宇？」

這是不久前我問過呂芝綺的問題，在第三十六天兩個人都落空之後她突然這麼問。我沒有對她透漏任何一點關於我和韓致宇的短暫時光，表面上幾乎沒有交集的我和他，或許能以任何一個理由搪塞，然而我卻異常的想讓某個人知道我陷入的理由。

我還在這裡。

韓致宇堅定的這麼對我說。我還在。讓我在墜落的恐懼之中牢牢的抓握，壓抑著自己的悲傷撐著微笑安撫著我，觸碰心底深處最柔軟的地帶，又或許遠在那之間他已然一步一步踏進我的疆域，如同他不預期的走進小天堂一般，在察覺之間他已然帶著張揚的笑闖進了我的世界。

於是那裡成為我們的世界。

「看著他的時候就讓人感到安心，一種即使鬆開雙手往下跳也會被他接住的安心感。」

「妳跟他除了學校之外有在別的地方見面嗎？」呂芝綺突然狐疑的盯著我。

問？」

「沒有。」小天堂確實在學校裡，我沒有說謊也不想分享，「為什麼突然這麼

「因為想不透。感覺妳跟韓致宇之間有種微妙的氛圍，妳越想避開他就越明顯，雖然我覺得那是基於一種『妳躲所以他感到好奇』，但我還是覺得很奇怪。」

「高中生的愛情大多受青春期荷爾蒙的劇烈影響，所以也沒有特別的道理吧。簡單來說就是思春，恰好韓致宇是個理想型，正是因為距離感以及不熟識更加深了幻想性，再怎麼說我也還是個少女。」

「乾脆就說自己在思春，怎麼想都是過了四十歲之後的行為。」

「無所謂，重點是韓致宇。只要不是錯認了就好。」

「所以妳根本就是因為韓致宇的外在條件而將感情投射在他身上，」呂芝綺站起身抓起書包，相當不愉悅的瞪著我，「我的感情跟妳不一樣，我喜歡上他的原因是因為他這個人，就算他只是路人甲我一樣喜歡他；妳讓我後悔跟妳公平競爭，雖然我不會反悔但如果妳有自覺就主動退出吧，妳不該帶著這種心思走向他。」

呂芝綺留下憤怒的句尾轉身離開，看著她的背影我嘲諷的勾起嘴角，不是對她而是對自己。我和呂芝綺意外的太過相似。

喜歡上韓致宇的我並不需要任何條件，只要他是他。

然而太過純粹的感情卻比我所能想像的還要重，在那之中沒有任何雜質沒有任何覆蓋物可以被除去，幾近純物質的愛情，無法減少質量也無法忽略那晶瑩剔透的美麗。如同不帶任何雜質的琥珀，鑲嵌於其中的韓致宇，完美的封存在名為愛情的樹脂之中。

成為一種延續。

□

「穎嵐？」

絕對不會錯認的聲音拉回我飄離的意識，抬起頭我看見的是越來越清晰的他的身影。向我走來。

「怎麼一個人在這裡？」他帶著太過飛揚的微笑，閃閃發亮的他正站在我面前，努力不眨眼的想記下這一個畫面，或許是貪婪的想留下任何關於韓致宇的定格，「我剛剛跟朋友在打籃球，正打算回家就看見妳一個人坐在這裡。」

「我要回家了。」

緩慢的站起身輕輕拍去沾上制服裙的塵土，總是在這種特別脆弱的時刻他出現在我面前，我只能逼迫自己冷漠避免被隱藏在薄膜之下的軟弱主宰。儘管想溫柔的對他微笑，然而連一點把握也沒有，也許會在嘴角的弧度裡太過輕易的洩漏了秘密。

關於我青澀而低張的愛情。

「我陪妳回去吧。」

沒有拒絕他，我的沉默含藏我的私心，肩並肩安靜的走著，每天每天都必須來來回回的路途有了他陪伴的身影，也許在往後這樣的貪戀會成為我無法負荷的重量；然而儘管如此卻還是想，多擁有他一秒。

「畢業之後也許就見不到面了。」

踏著影子游離的思緒彷彿喃唸我低聲的說著。然而韓致宇卻清楚的聽見了。

「穎嵐……」

「我是說同學們，也許會散落在台灣的每個縣市，大概很難重新回到原地吧。」

「雖然捨不得，但有時候分離是必經的過程，只是我也相信，有些人，永遠不會失去。」

那麼那些人也包含著你嗎？

「是嘛……」

「我的心裡一直放著一個人，雖然在身邊卻偶爾感覺相當遙遠，也許我從來不曾擁有，但還是私心的想留住些什麼，大概是因為這樣所以我比任何人都還要相信，有些人是我們永遠都不會失去的存在。」

我的胸口緊縮在一起，咬著唇以隱微的痛楚逼迫自己不去想像他心中的那個人，儘管不抱持著得到的期盼卻在親耳聽見他的感情之後，被悶滯的空氣包覆，難以呼吸。

雙眼有些酸澀，我忍著不讓淚水滴下，然而韓致宇的聲音卻還有接續。

「我很努力的壓抑自己的感情，為了不對她造成困擾而拚命的忍耐，但隨著畢業的來臨越來越焦躁，雖然想當成秘密但還是想將感情傳遞給對方。對妳說這些也許會很困擾吧，但我總是想，這樣的秘密第一個就想告訴妳……」

用力的抓握著自己的雙手，拚命忍耐著淚水，我以為自己相當堅強卻無法承受他的任何一句話語，對我而言太過殘忍。我的愛情尚未盛開就已凋零。

「就到這裡吧。」我停下腳步，「我自己回去。」

再度跨出步伐韓致宇並沒有跟上，也許他正看著我的背影，於是我挺直著身軀堅定的走著，忍耐著的淚水卻潰堤而下，咬著唇安靜無聲的哭泣、努力的向前走著。離他越來越遙遠。

正在倒數的每一天，我所能盈握的愛情也被倒數著。

在那之後我不再踏進小天堂，那被稱為**我們的世界**的小小角落被遺棄在心底深處，不敢碰觸也沒有勇氣面對的最深處。

於是我開始帶著遙遠的目光暗自凝望著他。

黑板上的數字並不會為了哪個人的哀傷與失落而暫停，如同一種逼迫不斷的縮減距離，一點一滴確實的將每個人推到分離的路口；我依然在放學後用力的拋出籃球，在被形容為水深火熱的日子之中我承受著另一份煎熬，所以我專注的念著化學式、將所有思考的餘力用以進行算式的拆解，但卻總在喘息的空隙想起他的笑容。

然後，在某一天所被等待的瞬間終於來到，順應了她的期盼而漾開了我的失落，最終模擬考的前一星期，沒有風的悶熱傍晚呂芝綺投進了三分球。而我毫無解釋性的落空。

這樣也好，註定無法被承接的愛情那麼就封存於心底永不見天日，帶著濃濃宿命意味的落空。或許這樣的結果並非意味著呂芝綺的機會，而是為了告訴我那裡從來不存在著可能。

「模擬考結束之後我就會跟他告白。」呂芝綺抱著籃球神情並沒有想像中雀躍，「雖然有點過分但這就是遊戲規則，妳不能說出妳喜歡他，對任何人都不行。」

即使大肆張揚也不會有任何結果，雖然想這麼說但我終究沒有。

「妳該擔心的是告白這件事，而不是我會不會對哪個人說。」

最後呂芝綺被拒絕了，她的告白不知道從哪一個縫隙流瀉而出，在緊繃而忙亂的日子裡或許這樣一個消息也讓大家得到舒緩，彷彿連鎖效應一般同學們在那段時期中努力的將情感傳遞而出，甲喜歡乙、丁拒絕了丙，或者A和B在一起了，在酷似地獄的指考前夕我們依舊努力愛著，或許這就是一種青春。

終於黑板上的數字被乾淨的擦掉，畢業典禮事實上像是一種儀式，儘管脫離了高中生身分卻還陷在高中生活之中，在那之後我們依然每天準時的坐在教室裡努力的將課本的字句塞進腦袋，為了我們往後的人生，大人們是這麼說的，然而所謂的人生如果真的能單純的以這些課本作為依靠，也太輕鬆了一些。

三年的努力只為了幾張薄薄的試卷，集結而成的一個數字成為往後人生的轉捩點，只要稍微思考就會感到荒謬，然而這就是我們所必須面對的現實。所以走進考場時我並不感到緊張，終於結束的那瞬間也沒有自由的感受，相反的卻有一股淡淡的惆悵，耳語著這就是真正的結束。

存在著韓致宇的生命或許就到這裡為止了。

「一想到從明天開始就不必再見到妳，就讓人開心。」

呂芝綺用著相當口是心非的方式向我道別，站在試場大門口炙烈的陽光灼燙著全身肌膚，熱與些微的痛楚緩慢擴散開來，揉合了離別的疼痛滲進全身。勾起淡淡的微笑在反光之中我仔細記憶著呂芝綺不羈的面容，我猜想自己不單單是想記憶下她，而是最後的制服歲月。

「沒有妳大概會有點無聊，至少高三這一年還滿有趣的。」

揮了揮手轉過身背對她，我一向不擅長面對分離的場景，也許會再見、也許再也不見，無論如何這都是一個句點。

「譚穎嵐，」她的聲音在身後響起，帶著些許不情願，「如果妳想跟韓致宇告白，我也不會管妳。」

沒有轉身沒有回應我只是再度揮了揮手，酸澀的氣味在體內泛開，韓致宇心中已經存在著一個女孩，既然如此就沒有空間放進另一份感情，那麼就把所有的感情悉數封存於我的心底，完整而稚嫩的青澀愛情。

□

愣了一下我看見的是站在前方的韓致宇。在我每天必經的路途上，那天、我逕自離去的轉角。

「在考場看見妳在跟人聊天，所以就來這裡等妳了。」

「有什麼事嗎？」

在我努力逼迫自己將關於韓致宇的一切封箱之際，他卻絲毫不考慮我的苦心闖了進來，但既不能拉著他的衣領大喊大叫，也不能不顧一切的釋放自己的感情，我們是朋友吧，曾經韓致宇小心翼翼的這麼問，所以對於此刻帶著朋友的身分站在眼前的他事實上我應該感激，畢竟、我們連再見都沒有說。

自從不再去小天堂之後，我和他連一個字都未曾交談。

我明白自己太過殘忍，然而我從來就不擅長面對任何一種割捨，因此總是消極的逃避。或許是逃避現狀、或許是逃避對方，但我想我所逃躲的是自己的軟弱。

「有些話，無論如何我還是想對妳說。」

抬起頭隔著一段距離我沒有走近他也沒有跨越，猛烈的陽光讓汗霧沾滿額際，刺眼的反光之中儘管雙眼疼痛我依然努力的睜開並且注視著他。

這是唯一一次也會是最後一次，容許自己如此貪婪的張望。

「能夠遇見妳，我真的很幸運也很感激……」他深深吸了一口氣，想說些什麼卻又哽在喉頭，「其實我有很多話想對妳說，但卻多到說不出口，在妳的眼神動作裡我已經看見了答案，儘管如此我還是沒有辦法轉身就走，至少我想對妳說聲謝謝。

「……謝謝妳讓我陪在妳身邊。」

連一句話也沒有說，我就這樣看著韓致宇直到他終於放下等待一步一步走近我，然後擦身，最後一步一步的遠離。

我不敢動彈，也不敢回頭，只能僵直的站在原地拚命的、拚命的忍耐。

最後我蹲下身緊緊環抱住自己，咬著唇無聲而劇烈的哭泣。

再見。謝謝。我喜歡你。還有、對不起。但是我卻連一個聲音一個回應甚至一個眨眼都沒有給，也許窮極一生我都無法忘記這個瞬間，因為我心中的愛情而把一點錯也沒有的他狠狠推開，或許我會成為他胸口的一道傷，然而，他已經是我生命中一朵永遠不會盛開也無法凋謝的花。

然後，我們都會長大。

片段／關於十七歲那年男孩的陷落

「我的心裡一直放著一個人，雖然在身邊卻偶爾感覺相當遙遠，也許我從來不曾擁有，但還是私心的想留住些什麼，大概是因為這樣所以我比任何人都還要相信，有些人是我們永遠都不會失去的存在。」

盡可能讓自己平穩而自然的將這些話說出口，也許是種測試又或許是我太過害怕失去，所以想一點一滴的透露、一點一滴的掀開自己的感情。走在她身邊兩個人的步伐異常緩慢，小心翼翼的往前就像走著平衡木一樣，只要微微傾斜就會摔落。

「我很努力的壓抑自己的感情，為了不對她造成困擾而拚命的忍耐，但隨著畢業的來臨越來越焦躁，雖然想當成秘密但還是想將感情傳遞給對方。對妳說這些也許會很困擾吧，但我總是想，這樣的秘密第一個就想告訴妳……」

想讓妳成為第一個承接我感情的人。

「就到這裡吧。」她停下腳步，差了一個跨步我同樣停下而轉身回望，就到這裡吧，忽然間我不太理解這句話確切的含意，「我自己回去。」

於是她再度邁開步伐，一閃而過的冷漠表情讓我的心越來越沉，望著她逐漸遠去的背影我的雙手緊緊握著拳，忍著情緒不讓自己追上她。就到這裡吧。無論多麼善意都無法解讀為眼前的簡單現實，而更深的指涉是對於我的話語，在那之中所透露的感情她絲毫不想涉入。

而我又怎麼能夠說出口，她就是在那中心的女孩呢？

那一夜，我輾轉反側，腦中閃現的是她冷漠的側臉，儘管她總是隔著一段距離我卻從未在她身上感到那麼冰冷的氣息，我以為那天她在我面前放聲哭泣就是一種接納，天真的相信依然讓我坐在她身邊吃著早餐這就是一種靠近，卻不敢去想那或許只是一種誰都無所謂的寬容。

因為她總是帶著淺淺的微笑，戴著面具隔著一段適當的距離，誰都不曾真正看見過她。

那偶然瞥見的面貌，也是一種窺探，她並沒有卸下防備，並沒有、真正伸出手。

我恣意的闖進她的世界，不讓她有任何拒絕的餘地，事實上她從來就沒有說過

「你可以過來」這樣的話，從頭到尾她對我都只是容忍，安靜的讓我坐在身邊聽著我說話，讓我待在她的世界某一個角落卻不能允許更多的靠近。

溫柔卻殘忍的距離。

她再也沒有出現在體育館的角落，儘管如此我仍舊天天坐在相同的位置吃著失去滋味的早餐，以為一轉頭就能看見她，卻一次又一次落空。

我總是在不引人注目的動作之中偷偷的望著她，儘管笑著卻失去了某些光彩的側臉，想走近卻無奈的發現自己沒有任何探問的理由，偶爾視線疊合而上卻是冰冷的目光，彷彿在我們之間什麼都沒有。差一點我就酸澀的笑了出來，本來我們之間就什麼也沒有，不過是我一個人努力演著的獨角戲，但就算只是一齣戲，卻仍然希望她是台下的觀眾。

但是她卻不看我。

距離畢業、指考越來越近，生活越加緊繃，在這樣拉扯的現狀裡我更加想念飄散著她氣味的溫柔空氣，只要安安靜靜的坐在身邊就能感到安心。那裡有一種絕對，屬於彼此的世界裡我們被絕對的安寧包覆，因而在抽離了那樣的安心之後我的生活顯得太過動盪，也太過空泛。

念書、考試、念書、考試，彷彿無限迴圈一般瘋狂的將我們綑綁，不想面對周遭的一切卻時時刻刻在提醒，不斷的倒數以及充滿著「最後」字眼的所有，終於我們結束了最後模擬考。

「韓致宇，我喜歡你。」

我從來就沒有預料過呂芝綺會是對我說出這句話的其中之一，然而無論是誰，都不是正解。唯一能給出答案的人卻不會踏入試場。

「抱歉，我已經有喜歡的人了。」

呂芝綺並沒有特別的反應，像是一切都在她的設想之中，她聳了聳肩：「我知道。但就算知道會被拒絕，還是想讓你知道。」

「既然這樣，那我——」

「是譚穎嵐對吧。」想要離開的心思被她硬生生的切斷，我從未對誰提起的感情卻被她輕易的戳破。「真讓人不開心。」

說完話她就自顧自的掉頭就走，怔忡在原地的我有片刻的錯愕，我以為沒有留下一絲痕跡卻被一個幾乎沒有交集的人看穿，那麼或許，一直容許我坐在身邊的穎嵐早已經發現。

走回教室的時候不期然在門口撞見並且對上她的眼，她的視線停留了幾秒鐘卻沒有任何波瀾，就只是安靜的望著，差一點我就壓抑不住自己滿溢的感情，握緊雙拳嘴角連一點弧度也勾勒不起，沒有那樣的力氣。光是看著她拚命的忍耐就耗去我所有的精神，她站在我的面前，不到一步的距離她就站在那裡，而我卻不能靠近。

終於她斂下眼低頭走過我的身邊。

像是一種離去。在她的雙眼之中彷彿寫著一種明白。我猜想她已經看穿。那樣的離去是一種溫柔的拒絕。

我的身體緊繃到顫抖，這一生中我從來沒有如此渴望一個人，這也是我第一次深切的體認到，儘管是渴望到連自己都可以捨棄的人，不屬於自己的就永遠無法、得到。

終於高中三年的努力掙扎與痛苦在交出最後一張考卷之後宣告結束，走出試場時我忽然感到有些恍惚，彷彿那些努力都為了一個不知名的終點，而踏到了那個終點卻又發現那不過只是短暫的中繼。我們始終無法看見真正的終點。

所以我依然貪婪的期盼著，她的轉身並不是我和她之間的終點。

無須耗費心神目光輕易的就落在她的身上，有些訝異我看見和她交談的人是呂芝綺，看似毫無交集的兩個人，但我和她不也是對任何而言都沒有連結的彼此嗎？有幾個同學朝我走來，相約吃飯或者狂歡，禮貌的婉拒此刻我唯一想做、也不得不做的，是必須和她說再見。

至少讓我能有最後一次努力的機會。

「在考場看見妳在跟人聊天，所以就來這裡等妳了。」

站在她回家必經的路途，陷落在轉角陰影之中的我緩慢的走出，花了很長一段時間才讓自己平靜下來，並且努力的泛開微笑。

「有什麼事嗎？」

「有些話，無論如何我還是想對妳說。」

她就站在我的面前，相距著一個跨步的長度，她沒有上前我也不敢走近，也許太過靠近會洩漏太多我幾乎爆炸的心思。太陽很大很刺眼，在亮得掩去部分她的面容的陽光裡，即使到了最後這一瞬間我依然看不清完整的她。

或許這是一種提醒，告誡自己不要太過貪婪，也或許這是一種註定。

無法擁有的，就不要奢望去擁有。

「能夠遇見妳，我真的很幸運也很感激……」我深深的吸了一口氣，差一點就將感情脫口而出，然而我卻不想讓她的肩上背負著我過於厚重的情感，所以那些話，無論多麼想說出口的那些話，終究也只能吞嚥而下，「其實我有很多話想對妳說，但卻多到說不出口，在妳的眼神動作裡我已經看見了答案，儘管如此我還是沒有辦法轉身就走，至少我想對妳說聲謝謝。」

深深的、深深的我凝望著她。

「……謝謝妳讓我陪在妳身邊。」

隔了好久、好久，她只是安靜的望著我，一句話都沒有連任何動作也沒有，並不是期待她會說些什麼，我只是、只是放任自己凝望著她，然後告訴自己她的世界裡並沒有我的位置。

最後我斂下眼，想好好的說再見卻沒有辦法，只能沉默的走過她的身邊，然後一步一步的走向沒有她的前方。

那一個夏天，我把制服仔細的摺好放進衣櫃最深處，畢業紀念冊上的團體照是我和她最貼近的記憶，那個體育館的角落模糊得像是另一個世界，又或許只是一種想像，偶爾會聽見她的聲音和夏天的撒嬌，但我想也許過一陣子我就會忘記。忘記。

忘記我很喜歡很喜歡譚穎嵐這件事。

然後，我們都會長大。

無以綻放並且難以凋零的花季之後。我們重逢。

25之一

在我的心中對於他的感情，像製作標本一樣被封存在最美麗的一瞬，所以某些恍惚的瞬間會瞥見栩栩如生的幻影。然而那終究是幻影。

安靜地聽著同桌的同學甲彷彿要將自己掏空一般拚命的談論著自己的生活，事實上對於她所說的話我幾乎沒有聽進去，只要望著她的方向視線穿越過她，觀察著在她身後的景物以及來去的同學們，偶爾輕輕點頭她就能感到滿意。

感到無聊就將注意力轉回同桌的人，同學乙試圖打斷甲的滔滔不絕卻鎩羽而歸，無奈的藉由大口吞嚥冰涼的液體讓自己冷靜，同學丙丁戊隱約的嘆了口氣認命的繼續附和著。

我覺得有些好笑。

隔了八年重新聚在一起的這群人，儘管在生命中有兩年的時間幾乎被綑綁在一起，再見面卻沒有相對應的懷念，雖然一開始說著好久不見、真懷念那時候諸如此類的話語，中途卻朝向所謂的近況或者自身的生活失速邁進；彷彿參加這樣的聚會能夠藉由當初共同走過青澀年少的人抓住一點青春的殘影，卻又在面對眾人的時候徹底的明白那些殘影只是一種追想。早已不復存在。

那些我們所努力趨近的年少，在終於得以趨近之後以過於貼近的距離清晰的看見，那裡事實上已經被隔上擦得晶亮的展示玻璃，所謂的青春安靜地躺在裡面成為供人欣賞的展示品。誰也不得碰觸。而那也不屬於誰。

玻璃杯裡只剩下半融的冰塊，儘管肉眼無法辨認但冰塊確實在消融，如同青澀的年少在以為永遠沒有終點的同時走到了盡頭，於是我們踏進另一個世界成為另一種人。所謂的大人。

喝了一口充滿香料氣味的柳橙汁，想要解渴卻適得其反。有點想離開了。

對於應允參加同學會的自己我也感到些許矛盾，並不那麼想見這群人，卻又帶著想找回某些當初遺漏的什麼的期盼，但落在那些日子裡的，無論是什麼，即使終於在多年之後明白也只是徒增無奈。

無奈。對於最後一段穿著制服裙的歲月，染上無以復加的惆悵，一直到現在我仍舊不願意碰觸，卻不得不跨越；八年太過漫長，即使只是拖曳著影子也讓人疲憊。

「妳真的是一點也沒變。」

抬起頭我看見的是和記憶中大相逕庭的呂芝綺，濃豔而張揚的妝容，貼合身材的上衣與緊身牛仔褲，屏棄裸露卻以另一種方式毫無遮掩的展示自己。這一點倒是精準貼合上她的形象。

「懷念嗎？」

看著她在我身邊坐下，同桌的氣氛突然自熱絡轉化為微妙的尷尬，她一向我行我素也不和班上同學打交道，卻自然流暢的向我搭話並且在我身邊坐下，無論如何都猜想不透，大概流動著這樣的猜測卻無法打探。

果然呂芝綺的存在適合用以排解無趣。

「懷念什麼？妳忘了我有多討厭妳嗎？」她喝了一口柳橙汁皺起眉一臉真是難喝的表情，「早知道就不來了，既無聊東西又不好吃。」

「那我們一起走吧。」

放下玻璃杯呂芝綺抬起眼端詳著我，「所以妳已經不必營造假象了嗎？」

「人總要有所成長，」我揚起淡淡的微笑，「反正我們離開之後他們也得不到任何解答，如果有哪個過於積極的人硬要尋求解釋，我也可以列出二十種打發他們的說詞。再說，雖然已經做好忍受無聊的準備，但沒想到比我預想的還要無聊。」

「妳果然越長越歪。」

「我很滿意自己的生長方向。」

「隨便妳。」呂芝綺大概也不在意這種事，「欸，那個是韓致宇對吧？他倒是往讓人開心的方向長吶。」

順著他的目光我的視線落在不遠處的男人身上，韓致宇，這三個字如同以炙熱烙鐵印在我肌膚上一般，灼燙而疼痛卻無法抹去。斂下眼我又喝了一口甜膩的柳橙汁，或許我始終沒有做好再度面對他的準備。

事實上一踏進餐廳我就看見他了。

與十七歲那年的面容差距不遠，只是褪去稚嫩多了成熟穩重的味道，簡單而休閒的襯衫與深咖啡色卡其長褲，揚著帶著善意的燦爛笑容，太過耀眼。所以我別開了視線。

「過去跟他打招呼吧。」

聽著呂芝綺輕快又無所謂的語調我稍稍皺起了眉，那年在預期之外我落入韓致宇羅織的網，無論如何我都不願意再度涉入。對我而言韓致宇的存在已經太過特殊，他的任何言語任何舉動都將輕易的在我心底掀起波瀾，有心或者無意的微笑，讓我體內的某個部分仍舊懸在十七歲的那個夏天無法前進，因而現在的我的體內缺乏了某個部分。

「妳去吧，把他送給妳也沒關係。」

「又不是妳的就算妳說要送給我也沒有用。」呂芝綺的話語一個字一個字重擊在我的胸口，深深呼吸忽略心底泛起的酸澀，「妳不是嫌無聊？跟初戀情人敘舊才刺激啊。」

最後我還是被呂芝綺拉著走，我想已經不必思索任何理由來解釋她為什麼會和我攀談，一定是呂芝綺看穎嵐不會拒絕人所以才纏著她，這樣的念頭會在哪個人腦中萌生並且開花結果，隨著風將種子散播到其他人的腦中因而開成一片燦爛的花海。

與其說我積極的塑造他人對我的刻板印象，倒不如說我提供大家一個自由發揮的空間。

沒有特別的原因，只是突然有一天彷彿醍醐灌頂了解到對於他人而言最重要的並不是我真實的樣貌，而是他們所接收的資訊組合而起的樣態；例如感到無聊不想說話就低下頭，對方卻認為自己文靜不擅交談，例如感到麻煩不想碰觸就請另一個人完成，對方卻相信我的個性柔順而依賴，諸如此類也許是相當微小細瑣的錯認逐漸堆積成為眾人所見的我。

並不是讓人討厭的印象，並且從中找到許多捷徑因而開始加入自我意識讓眾人印象更加刻板更加根深蒂固，最後定型為「學藝股長類型」文靜溫順但容易吃虧的這類人。

我想在韓致宇的記憶之中我也是以如此樣態留存，又或許從來就不是他人生中所在意的人，無論如何他所見的都只是他所以為的譚穎嵐。

「好久不見啊，韓致宇。」

「好久不見。」

我和呂芝綺站在他的面前，從容而有禮貌的回應，臉上是無懈可擊的親切微笑，滑過記憶的邊緣，閃現我意識的卻是那一天他離去的身影。斂下眼我盯望著自己腳下米色低跟鞋，靜靜聽著他和呂芝綺的交談。

封存在記憶中愛情早已經淡化，儘管眼前站的人是韓致宇但脫離那個時點之後他就已經不是在我愛情之中的他了。

過了賞味期限的愛情儘管仍舊被稱為愛情，然而卻已經是一種曾經，差別只是在於愛情被遺留下來的形式。也許在磨損之後只殘留尚未被風吹散的灰，又也許留下了化石標本般完整的骨架卻帶著無法填補的空蕩，或者如壁虎斷尾一般失卻了某個部分。無論如何縱使是盈握著同一份愛情看見的也不會是相同的風景。

在我的心中對於他的感情，像製作標本一樣被封存在最美麗的一瞬，所以某些恍惚的瞬間會瞥見栩栩如生的幻影。然而那終究是幻影。

我記憶中的他與站在我面前的他，終究是不同的。

「還記得譚穎嵐吧，不過忘記也不怪你，反正她也沒什麼存在感。」

「我當然記得。」

呂芝綺並不知道在體育館角落的那些日子，往後的日子裡我也從未向任何一個人提及，無論是所謂的初戀，或者是韓致宇。屬於韓致宇的每個部分都被仔細彌封，置放於連我自己也找不到通道的深處，太過青澀的感情卻也因為稚嫩而無可取代，連那樣的痛也無法被覆蓋。

說不出口的感情讓自己也找不到離去的出口，因而擱淺在屬於他的岸邊，凝望著潮起潮落終於有另一個人將我帶離，仔細的包紮照料，儘管能夠接受並且進入另一段感情，卻永遠忘不了曾經擱淺的日子。

我已經不愛韓致宇了，毫無疑問能夠肯定的這麼說，畢竟漫長的八年足以使我們成為另一個人，然而那些記憶那些情感卻無法簡單被跨越，因而拖曳著長長的影子步履闌珊的前行。

韓致宇成為我心中的一個結。死結。

「班長說可以攜伴參加，沒帶女朋友來嗎？」

「我沒有女朋友。」

「沒有女朋友啊，真意外，不過對我來說是個好消息吶，那我再追你一次這樣不知道會不會成功呢？」

呂芝綺戲謔的說著，遞送而出的感情縱使不被承接卻也已經得到釋放，或許她的坦然來自於一個結實的句點。沒有揣想也沒有延伸，所以能夠坦然的望向曾經深深喜歡的人。

——再怎麼樣投球進了也是有好處，雖然被拒絕了，但得到一個乾淨俐落的回答也省得煩惱；不過很抱歉，就算我被拒絕了妳也不能跟他告白，這就是遊戲規則。一想到妳必須抱著『到底他會不會喜歡上我？』這樣的問號生活著，幾乎可以讓我忘記失戀的難過了。

——妳是變態嗎？

——反正我就是看妳不順眼。不過基於我們的扭曲關係，如果五年之後妳還是喜歡他的話，沒關係妳可以跟他告白。

——抱著這種暗戀五年也太心酸了吧，再怎麼說這五年內可是包含了最精華的高中跟大學耶。

——反正暗戀個五年十年跟妳的形象很搭啊，乾脆做得徹底一點。而且這樣經不起時間考驗的感情，看來妳也沒有很在意嘛。

——形象用裝的就好，不必那麼敬業。妳還不是一樣，只是喜歡而已又不是愛到不可自拔，雖然有點可惜沒辦法在花樣年華談一場青澀的戀愛，但這樣也省得麻煩。

——譚穎嵐妳才是變態吧。

雖然當初故作輕鬆但其實我很羨慕呂芝綺，我喜歡你，雖然只是簡單而直接的四個字，卻包裹了愛情的重量。當初能夠負荷的重量在自己心中擺放多年之後卻顯得太過沉重，往後所面對的每份感情裡或多或少都沾染了韓致宇的氣味，微弱卻無以逃躲。

「不要開玩笑了，已經是那麼久以前的事情了。」

「對啊，既然是那麼久以前的事情，大家應該也都不在意了吧。」呂芝綺挑起不懷好意的眼神，視線在我身上停留了幾秒鐘，連帶讓韓致宇的目光也移向我，「譚穎嵐以前也很喜歡你呢，不過只有我知道而已。」

我的嘴角停在不自然的弧度，短暫的沉默即使只有幾秒鐘卻等同於證實，微妙的氛圍緩慢而確實的將三人圈劃於其中；呂芝綺像是要打破僵局，揮舞著手上持有的鈍器，也許十年之後我也無法分辨她究竟想打破的是僵局還是我的腦袋。

「我們學藝股長是很純情的，說不定……」

深深吸一口氣，我勾起恰到好處的微笑，回應著呂芝綺的餘音但目光卻絲毫不閃躲的直視著韓致宇。那已經是種過去。傳遞著這樣的意念同時反覆在意識中喃唸著。

「那個時候幾乎全班的女生都喜歡他啊，現在想起來還會有點害羞呢，不過都已經是那麼多年以前的事情了，現在想起來覺得很懷念呢。」

「是讓人很懷念啊。」呂芝綺的笑容加深了一些，將右手搭在我的肩上，「但是我最懷念的，是當初一直沒有告訴妳的一件事。」

我的視線轉向她。韓致宇的眉似乎微微皺起。呂芝綺刻意留下一段空白，像是等候演員全部到位才能揭幕一樣。

要說了喔、做好心理準備了嗎？散發著這樣的意味。

於是她勾起相當愉悅但讓人感到十足厭惡的微笑，一個字、一個字清晰的扔在我跟韓致宇中間。

「那時候，韓致宇也喜歡妳呢。」

在我體內的某個部分，停滯的某個部分，似乎被撞擊出細微的裂痕。

呂芝綺很乾脆的離開留下我和韓致宇，一時間無言以對，只能安靜的站在原地。緩慢的消化呂芝綺所拋出的話語。

分辨不出泛起的什麼情緒，太過複雜並且感到有些無奈又有些可笑，漫長歲月裡的糾結事實上只是誤會與錯過，然而在多年之後得到當初期盼的答案卻希望永遠都不要聽見。

錯過之後任何的彌補都填不滿那份遺憾，反而在那樣的努力之下讓遺憾越來越深。

「這時候得到當初想要的答案，心情是難以形容的複雜呢。」

聽見他這麼誠實反而讓我釋然了一些，至少我們終於看見彼此站在同一邊。縱使之間的愛情已然成為過去，卻能夠遞送而出，我所負荷的重量在這一瞬之間終於得以落地。

「我已經分不清該對當初的錯過感到無奈，還是對認識呂芝綺感到無奈了。」

韓致宇笑了。爽朗得如同十七歲那年的愉快笑容。忽然間我有些想哭，因為太過懷念，因為一直想再看見他的笑容，眼角泛出了淚光我低頭拭去，再度抬起頭我揚起未曾給他的微笑。

「那時候，我真的很喜歡你。」

「我也是。」

「這時候應該完整一點。」

「嗯？」

「『我喜歡妳』像這樣完整的對我說，多少彌補一點我被呂芝綺傷害的心。」

韓致宇笑了。

「我很喜歡妳。」透過韓致宇我彷彿看見了十七歲的他，耳邊聽見的是那時他青澀的聲音，「非常喜歡妳。」

謝謝你。

25之二

他是明白的，在我生命中佔據我愛情的兩個男人，一個是他另一個就是韓致宇，他花了很長一段時間才讓我捨棄對韓致宇的愛情。相當漫長。

「同學會好玩嗎？」

「還好。但不無聊。」

佑媗坐在我的面前，右手用吸管攪拌著八成冰塊兩成蘋果汁的澄清液體，興致高昂的盯望著我，同學會的日期不巧撞上了出差日，因此她相當積極並帶有逼迫感的遊說我參加，至少能有第一手資料，她是這麼說的。

「韓致宇有去嗎？」

「嗯。」

「不知道他變得什麼樣了呢，還是一樣帥嗎？」

「大概吧，我沒有很注意。」

高中畢業之後我相當努力的避開任何關於韓致宇的話題，然而佑媗彷彿要挑戰我的意志力一般反覆投擲出韓致宇三個字，佑媗曾經說，只要回想起他、回想起那段感情，就好像自己始終抱持著當初那種青澀的感動，最純粹的感情所以她想隨時提醒自己。

卻也不斷敲擊著我的記憶。

那些當初覺得不會用盡而拚命揮霍的青澀，才剛萌芽的感情以從未見過的鮮綠成為一種標誌，無所畏懼的笑容以及張揚的年少，在那裡有些什麼我們從來就帶不走。只能留在那裡。

而讓那段歲月、以及曾經存活於那段歲月的人們顯得格外特殊並且不可取代。

韓致宇就是這樣的存在。

無論是對於我、對於佑媗或者對於呂芝綺，他都安然的被包裹在稱之為「初戀」的花苞之中，不曾綻放的花朵因而錯過了盛開卻也，永遠不會凋謝。在那之中所含藏的他也始終完整的存放於我們的記憶或者感情裡，或深或淺，在佑媗反覆提及中韓致宇是種象徵性的存在，然而在我從未開口的過往裡，彷彿、也藏有某些我也不明白的自己。

但他已經是種過去。

「就已經交代妳要特別關注韓致宇啊，真是，所以妳一定沒替我拍照回來對不對？」

「我忘了。」

「我就知道。」

反正佑媗只要抱怨個幾次就會拋諸腦後，我特別喜歡和這類人來往。直率而簡單。

「沒關係，反正我們已經約好了。」

「約好什麼？」

「星期六，我跟小度約了幾個同學，韓致宇也會來喔。」我才正要開口立即被佑媗打斷，「不要說妳沒空，妳本來就答應星期六要和我去看電影，只是把電影改成吃飯而已。」

但是我不想再見到韓致宇。好不容易畫下了句點我並不想和他有更多的牽扯，在我生命之中他的氣味已經太過濃重，甚至我不敢肯定自己不會再度動搖，我的意識還處於混亂的狀態，還沒好好整理自己的感情。

「一定要去嗎？說不定我那天會突然肚子痛或是腳扭傷，或是……」

「妳絕對會很安全，需要我這幾天貼身保護妳，以確保妳完整無缺的出席嗎？」

佑媗對於某些事情異常有恆心與毅力，節外生枝、探聽八卦或者「韓致宇」正包含在她熱衷的事情裡，最省卻麻煩的方法就是答應。但是答應之後也是一種麻煩。暗自嘆了口氣。人生中大多數的事情都朝著和自己期望相悖的方向前行，並且難以抵禦。

所以只能面對。

□

收到了K的來信，是一封長信，簡單的說著他在澳洲的日常，從布里斯本坐了夜車遷徙到雪梨，難以伸展的灰狗巴士裡他一夜無眠，忽然很想妳於是拿起紙筆在顛簸的路途中寫起這封信，讀到這一段我笑了出來。K一直都是個隨性而具有實行力的人，「我決定去澳洲了。」才這麼對我說完不到一個月他已經踏上旅途，已經七個月了，K的信裡總是會提到日期，事實上他不提我的確是記不得。

偶爾K會打來電話，大多是簡單的問候，更多的細節他喜歡書寫在信件裡彌封經過長長的漂流寄送給我，我喜歡他這份小而纖細的心思，或許這是我愛上他的理由。

和K斷斷續續談了五年戀愛，分分合合，並不是因為爭吵而是總有一方感覺淡了而提出分手，又總是有某一方在分手之後再度燃起了感情，佑媗總是說我和K像是扮家家酒，今天結婚明天離婚想一想過兩天又交往。

並不是這樣，但兩個人之間的感情無論多麼仔細的解釋旁人也無法完全了解，我沒有告訴任何人，K就是救起擱淺的我的人。

我和K在不久前第五次分手，這一次是我開的口，雖然每一次都感覺這是我們愛情的終點，但這一次比往常更加強烈的感受到這一點。或許因此K才毅然決然的踏上旅程。

我想妳。K在信末這麼寫，我摺起了信紙小心的放進信封，沒有註明地址是他不要我回信的體貼。站起身和K的合照被收進抽屜好長一段時間，卻在遇見韓致宇之後反覆拿出。

然後我想起最近一次來自K的電話，他的聲音太熟悉而清晰。

「最近好嗎？」

「嗯。沒什麼特別的變化。」

「已經習慣沒有我的生活了嗎？」

「那現在跟我說話的是誰？」

「所以就是不想讓妳習慣這件事，如果忍耐不了的話我會立刻飛回台灣。」

「那你要更努力的忍耐。」

「我知道。但是沒辦法還是想聽見妳的聲音，所以只能簡短的對話，多說個幾句也許我掛完電話就去訂機票了。」

「K。」

「嗯？」

「好好照顧自己。」

「妳也是。還有，我很想妳。」

「我不會說『我也是』。」

「我知道。」

K掛斷了電話，我握著聽筒聽著感覺相當遙遠的單音，他正在壓抑著自己的感情留給我空間，想向他提起韓致宇卻說不出口，他是明白的，在我生命中佔據我愛情的兩個男人，一個是他另一個就是韓致宇，K花了很長一段時間才讓我捨棄對韓致宇的愛情。相當漫長。

或許等K回來的時候我能夠愉快的告訴他，存活在我體內的韓致宇已經消逝，我想K會替我感到高興。

□

坐在長桌一隅，右邊坐著和同學們熱烈交談的佑媗，前面坐著帶著微笑聽著眾人交談的韓致宇，八個人的聚會人數不算多卻也不少，然而人數一多即便有人落單也不顯眼，所以我感到有些無聊的玩著吸管，看了眼牆壁的掛鐘也許再忍耐一小時就能回家。

「很無聊嗎？」

「嗯？」愣了一下發現韓致宇不知道什麼時候在我左邊的空位坐下，「還好。」

「我覺得很無聊呢。」

「原來你也會說這樣的話。」

「不可能一直都這麼融入大家吧，偶爾也會有想獨處的時候。」

他澄澈的雙眼暈染了愉悅的神采，只是不想讓我落單吧，他這種隨手拯救小貓小狗的個性還是沒變，大概還有數不清的人像呂芝綺一樣因為他的微笑而落入陷阱吧，閃亮亮的陷阱，一想到這個我就忍俊不住。

「怎麼了，我說了什麼好笑的話嗎？」

「沒有。」我搖了搖頭，「感覺很微妙呢，從前一直以為像王子一樣的你會喜歡上某個公主，沒想到你的品味跟你的人一樣很親民呢。」

「如果我記得沒錯，我喜歡的人是妳吧。」

「是我沒錯，雖然還是有點消化不良。」

「我一直覺得妳很特別，那時候在我眼裡妳的確是公主沒錯啊。」他的頰邊似乎飄上一抹淡淡的紅暈，「現在也是。」

「不覺得我很無趣嗎？不愛說話也沒什麼意見。」

「我看見的不是那樣的妳。」

「嗯？」看著韓致宇耳邊迴盪著他的話語，我看見的不是那樣的妳，那麼他所留存的記憶究竟是什麼？

「偶爾會看見妳和夏天說話，說我的壞話之類的……我喜歡上的是那樣的妳，裝作不知道是希望有一天妳能因為信任我而展現那一面，但是到最後還是沒辦法……」他輕輕的揚起嘴角，「果然很多事說出來輕鬆多了，如果可以的話，我還是希望妳能自然的對待我。」

「我還以為自己很精明呢，沒想到不只呂芝綺發現，連你也看見了。」皺起鼻子我瞇起眼瞅著他，「那時候我裝得很認真呢，還騙到不少情書喔，現在已經爐火純青不管哪一個角度看起來都很自然呢。」

然後他笑了。

「我們逃走吧。」

「嗯？」他抓起我的手和我的外套，突然站起身同桌的所有人瞬間將注意力投注於他的身上，韓致宇為什麼抓著穎嵐的手，眼底不約而同寫著這個疑問，「我跟穎嵐有事先走囉，下次再約吧。」

我還來不及反應就被韓致宇帶離餐廳，以介於奔跑與快走之間的速度移動著，身體開始感覺有點喘而韓致宇似乎認為離得夠遠終於停下腳步。好整以暇的看著喘息著的我，臉上帶著爽朗的閃亮亮笑容，真是刺眼。

「不要那樣笑，很刺眼。」邊喘邊這麼說，他絲毫沒有收斂的意思，「你這樣突然把我拉出來，我要怎麼跟佑媗解釋？」

「對妳來說應該很輕鬆啊，既然已經到了爐火純青的程度。」

「真是……」呼吸逐漸平復，好氣又好笑的看著韓致宇，以前和現在都自顧自的打亂我的步調，卻沒辦法感到厭惡，「所以你想做什麼？」

「只是想逃出來而已，要做什麼可以現在想。」

「我印象中的韓致宇不是你。」

「還有很多面向的韓致宇妳還沒看見。」

「如果都這麼麻煩不用拿出來我不會介意。」

「但我想讓妳看見。」思緒突然被短暫的空白佔據，想說些什麼但僅僅幾秒鐘的停頓蔓延出尷尬的氣味，這句話在兩個人之間過於曖昧，「至少要讓妳知道，自己的初戀情人真正的樣子吧。」

「我不要。」看見他愣住的神情差一點我就忍不住笑，「距離衍生美感，幻想始終最美，所以你正在破壞自己的形象，也破壞我朦朧的初戀。」

「穎嵐。」

「怎麼了嗎？」

「我可以追求妳嗎？」

「你說什麼？」我的聲音陡然高了兩個八度，引來路人們的側目，稍微平靜下來之後我不可置信的望著韓致宇，「你剛剛說什麼？」

「開玩笑而已。」

「開玩笑？你還笑、還笑……等我學會過肩摔第一個就摔你。」

「這樣不是很好嗎？」

「很好？這麼想被摔嗎？我明天就去報名。」

「我說的是，妳終於放輕鬆了。」泛起燦爛的微笑他注視著我，「從同學會到現在感覺妳很緊繃，情緒好像也有點低迷，沒有資格過問但感到有點擔心。」

是吶，從同學會前夕到現在我似乎過於感性而緊繃了，變得不太像自己，也許是因為不得不面對當初那份感情，終於得以卸下之後或許能夠退回那時候我和他沒有看見的起點。

「如果對每個人都這麼好，反而會讓人心碎呢。」拿過他手中的外套，他的溫度透過衣服傳遞到我的身上，隱約的他的氣味讓我不敢穿上，我斂下眼，過於感性的時候凝望他太久不小心就會動搖，「今天就到這裡吧，我想先回去了。」

「我送妳回去吧。」

「不用了，下次有機會再讓你送吧。」

「穎嵐。」

「嗯？」

「我並不是對每個人都這麼好。」

25之三

韓致宇的影像在腦中浮現時總是飄散著若有似無的酸澀氣味、勾起最深處純粹的漣漪，所以偶爾會陷入不像自己的情緒海洋，沒關係慢慢游上岸就好。

我已經不會再擱淺了。

「譚穎嵐，隱匿等同於叛變，說、為什麼韓致宇拉著妳往外跑？之後你們又去了哪裡？」

捲在棉被裡我才剛起床，不、是佑媗闖進我房間吵醒我，她站在床邊居高臨下的盯著睡眼惺忪還裹在棉被裡的我，看了一眼鬧鐘現在才七點半，在星期天的七點半叫醒人比在星期三的五點半拖人起床更加殘忍；嘆了一口氣我猜想整晚都在思考這個問題，佐以我把電話關機所以她按捺不住直搗黃龍。

我的頭好痛。好睏。眼皮快要闔起來了。為了韓致宇若有似無的話意我輾轉難眠，終於入睡卻又被打斷，我好哀怨。

「妳去問他啊，我哪知道他為什麼拉著我跑，跑出去之後講幾句話我就回家了，任何妳想聽的一件都沒發生。」

「那妳電話為什麼要關機？」

因為知道妳會打。佑媗坐到床上拚命的搖晃我，像熊寶寶一樣軟趴趴的搖來晃去我的半規管盡責的產生平衡脈衝，仍舊不敵過於劇烈而頻繁晃動，「不要搖了，我快吐了。手機沒電啦。」

「沒電？」

佑媗雖然很好打發但對於她不願意接受的事實通常需要一段漫長的質疑與反抗，沒有捷徑只能堅持第一答案到底，並且不能顯露任何一絲猶豫以及閃爍，否則所有過程都必須從頭來過。

「洗完澡檢查未接來電的時候才發現，想說那麼晚不會有人打就乾脆不管啦。」

「不對，自從妳出車禍之後，K就要妳絕對不能忘記帶手機也絕對不能關機。這個習慣已經很多年了，沒道理昨天突然打破吧。」

為什麼佑媗要在我沒有腦袋的時候變得那麼精明？

「我跟韓致宇就真的沒有怎麼樣啊，好啦，手機關機就是不想被追問，就算妳把我吊起來打也不會無中生有。」

「好吧，姑且相信妳。」

「門關著就好，我要睡了。」

「睡什麼，起來啦，反正妳都醒了。」

妳到底哪一隻眼睛看見我醒了？

我死命抓著棉被捲成蠶蛹，佑媗不能將我泡在熱水中抽絲但相當殘忍的拉開窗簾打開燈並且不讓我遮住雙眼，完全無法忍受我煩躁的坐起身，對上的是她得意的笑臉。

「叫我起來做什麼啦？」

「約韓致宇吃早餐。」

「為什麼？為什麼？為什麼？」真的會被這個女人搞瘋，完全不知道她腦部迴路被誰亂接，思考完全沒有邏輯。

「妳自己叫我問他的，『妳去問他啊』妳剛剛是這樣說的，所以我們直接去問韓致宇為什麼他要拉著妳走。」

「妳一定要把沒事變有事嗎？」

我好無奈，但這些年來我已經養成輕聲細語的習慣，所以即使我幾乎要崩潰非常想尖叫甚至話意相當不友善，但一搭配上我軟軟的語調就一點殺傷力也沒有，更何況在佑媗眼裡我就是善良（好欺負）、溫柔（抵抗能力不佳）和文靜（不積極以至於她很努力替我積極）的人，因此此刻的掙扎經過她異於常人的神經傳導之後將會得到「穎嵐只是害羞」這個結論。

「不行，不弄清楚我今天還是會睡不著。」

為了讓自己能夠入睡就來破壞他人的睡眠，這跟為了讓自己得到幸福就去破壞他人的幸福一樣罪孽深重。

「我沒有韓致宇的電話。」

「睡不著的時候可以做很多事，例如向人打聽韓致宇電話。」

我好無奈。

□

顯然韓致宇是依循著規律作息的好青年，佑媗脅迫我打電話給他的時候早已經過了他的早餐時間，那就算了，這句話還沒說出口就被韓致宇先發制人。午餐可以嗎？我默默的嘆了口氣，因為是擴音所以我無法拒絕，於是在佑媗「鼓勵」的眼神下我無奈的說好。

我才吃完早餐就被佑媗拉出門坐在韓致宇對面準備吃午餐。

「昨天幾乎沒跟你說到話呢，本來想拍張照跟朋友炫耀我的初戀這麼帥，沒想到你又離開得很突然，今天一定要和你合照。」

我不敢置信的看著佑媗，原來這才是她的目的，她只是需要拖個人下水讓她有理由約韓致宇出來。大口灌了一口冰水，冷靜、一定要冷靜，力氣不夠大翻不了桌子即使站起來大吼也會被無視，我好痛恨我的聲帶，振動出來的音頻恰好都在溫柔適中的範圍內。

深深吸一口氣，我低下頭決定忽視這一切，反正什麼都不做就會被流暢的解讀為文靜靦腆，那就不必浪費力氣。

但是稍稍冷靜下來之後，我發現自己的腦袋終於回復到同學會之前的「正常」運作，前些日子太過感情並且被霧氣一般的惆悵縈繞，差一點我就以為自己走火入魔真的被「學藝股長」附身，說不定這也意味著我跨越韓致宇的影響範圍了。

這麼多年來也只有韓致宇和K讓我的心底泛起許多不常有的感情，並不單單是愛情，連帶觸動了許多纖細的神經。想起K的時候總是會漾開溫柔的微笑、盪起淡淡的恍惚；韓致宇的影像在腦中浮現時總是飄散著若有似無的酸澀氣味、勾起最深處純粹的漣漪，所以偶爾會陷入不像自己的情緒海洋，沒關係慢慢游上岸就好。

我已經不會再擱淺了。

「只是，你昨天為什麼會突然拉著穎嵐離開啊？」

思緒被佑嫙的問句拉回，我望向韓致宇用眼神努力遞送「佑嫙什麼都不知道往後我也不想讓她知道如果你敢讓她知道我就會讓你知道什麼叫做女人的怨恨」的意念，唇邊帶著禮貌性的微笑，期盼著韓致宇能夠理解流轉於我眼波中的感情。非常強烈。

「因為剛好和穎嵐在聊天，突然有種想惡作劇的念頭。」韓致宇的視線定格在我臉上，用的依然是模稜兩可的凝望法，既能讓目標清楚明白「我在看你」又總是讓參與其中的人相信他的視線平分給所有人，「從以前到現在穎嵐都很安靜，低調的站在團體邊邊，所以突然想讓每個人都注意到她，後來想想好像太幼稚了一點。」

「才不會。」忍住想踢佑媗的衝動，韓致宇整的是我，妳寬宏大量個什麼勁，「我也覺得穎嵐太被動也太低調了，人還是積極一點比較好對吧。」

真厲害能夠完美的掩蓋自己的真面目，讓那麼熟識又親近的人長久以來都抱持著錯誤信念。我在韓致宇的眼中讀到這樣的訊息還帶著一絲激賞。

雖然我也很佩服自己但不可否認佑媗笨也是原因之一。我禮貌性的回應了韓致宇。

「尤其是談戀愛，她真的低調到讓人都搞不清楚狀況，現在我都還搞不清楚她跟她男朋友到底怎麼了。」

佑媗愉快的分享著「我的」生活，沒特別阻止她卻一發不可收拾，提到K的瞬間我和韓致宇流暢的眼神交流無聲的斷卻，我沒有預期K的涉入，即便只是被提及。

「穎嵐、已經有男朋友了嗎？」

「交往很久啦，不過三天兩頭分手又復合，完全看不懂，不過K是很好的人。」

「跟妳說過很多次，我們已經分手了。」

不解釋也無所謂，通常對於K的疑問我總是聳肩微笑，我和K的事不必向任何人說明，即使說明也不一定能被理解；然而我卻不想讓韓致宇誤會，沒有任何理由，單純只是不願意。

「反正過一陣子就又復合了啦，他不是常打電話給妳嗎？出國前還交代我要好好照顧妳呢。」看了韓致宇一眼我低下頭，越努力反駁只會讓佑媗傾露更多關於K的一切，在我的沉默之後她轉向韓致宇，「那你現在有女朋友嗎？」

「沒有。」

「那我有機會嗎？」

「沒有。」佑媗和韓致宇中斷對話轉頭看向我，糟糕不小心把腦袋中的想法說了出來。「我是說……」

「妳就不能留點面子給我嗎？高中被拒絕過，現在就是想聽他說『有』來彌補我的缺憾啊。」佑媗停了幾秒鐘像是想起些什麼，「以前班上那麼多女生喜歡你，那你到底喜歡誰啊？」

微妙的氣味流竄在三個人周圍，相當不尋常的流動方式，或許只有佑媗沒有察覺到，在韓致宇眼角餘光中洩漏了某些殘留的感情。

幾乎我以為他即將唸出我的名字，空氣之中我所嗅聞到情感，隨著眼波飄送，他凝望著我想阻止他卻動彈不得，終於我聽見他緩慢而清晰的聲音。落在我的期望與失望的交界。

「這是秘密呢。」

□

站在可以看見家門口的那個轉角，安靜的靠在牆邊呼吸著帶有夕陽味道的空氣，這次還是沒讓韓致宇送我回家，或許我正下意識避免著這件事。

有很長一段時間我不敢依循著往常的路途回家，儘管多花上二十分鐘我依然繞路而行，踩踏著影子總是勾起和韓致宇肩並肩走過的記憶，最後我們在這個轉角分別。

遇見K之後我依然繞著路回家，讓我陪妳走那一段路，有一天K突然這麼對我說，牽著我的手一步一步的踏上記憶的碎片。清楚感覺到自己顫抖著，同時K的力量與溫度傳遞而來，兩個人的步伐相當緩慢、那是我走過最漫長的一段路途。

然後我們終於到家。那是我和K交往的第一天。

「在妳顫抖的時候就讓我牽著妳，不管走得多慢我們總是會抵達的。」

K所說的這句話深刻的烙印在我的胸口，他總是這麼樂觀而積極，甚至在我第一次踹了他一腳雙手抱胸睥睨著他說著「你女朋友根本不是小綿羊，要反悔趁現在」，他愣了幾秒鐘突然捧腹大笑，他說：「這樣我就不怕妳傻傻的被騙走了。」

這個男人完整的接受我的一切。

提出分手並不那麼簡單，我愛著K，然而這樣的愛在逐漸昇華，比起愛情之中包含更多的友情甚至親情，我已經將K視為家人，不可切割的存在，卻也因此消弭了愛情的成分。

明白的向K說明，他理解的退後一步，雖然不那麼簡單但兩個人稍微隔了一段距離，然而在他走出海關之前他笑著對我說：「分離能激起不同的火花，需要我的話我隨時會回來。」

K還沒放棄我們的愛情。

在這種感情模糊的空白之中韓致宇的出現讓我感到些微的混亂，再一次清晰的回想起那段感情、也反覆浮現屬於K的一切，關於韓致宇和K的感情某部分緊密的疊合，然而兩個人始終沒有身處於同一個時空之中，彷彿接力一般在我的生命中交互出現。

說不定自己的愛情也會交互的給這兩個人，像是被惡夢侵擾一樣這個念頭從某個縫隙滑了進來，雖然不這麼認為但我從來不小覷任何可能性，尤其是違背期望的可能。總要設想因應對策。

無論如何我還是希望我的人生出現第三個男人，如果是李敏鎬那類型就太完美了。

這麼一想就覺得應該將手機裡的合照刪除掉，萬一讓偶然的邂逅對象誤會就不好了。拿出手機打開了影像檔案霎時又止住了動作，這是第一張我和韓致宇的單獨合照。

在結束聚會之前佑媗抓著韓致宇拚命拍照，還請來服務生替三個人合照，然而在我頻頻迴避之下她始終無法讓我和韓致宇站在一起。我想她並不會特別在意這一點，但韓致宇卻會。

「我好像沒和穎嵐合照呢。」

「三個人一起照過了啊，不用特地……」

佑媗不由分說的將我推向前，於是我只能僵硬的站在他身邊，他的左手臂輕輕靠著我的右手臂，在佑媗倒數的盡頭他的頭傾靠向我，太過親暱的定格儘管只是瞬間，存放在我手機裡的相片連同號碼一併傳送給他。

望著合照發呆，他燦爛的笑容嵌合上記憶的瞬間，我想即使在路上撞到真命天子也應該不會被看見手機裡的照片，縱使被看見反正佑媗拍了很多張足以說明這只是隨機排列的組合，刻意刪除反而顯得怪異。

所以留著是為了讓一切更加流暢。

收起了手機我用力深呼吸，無論是韓致宇無論是K都阻礙不了我找尋新男人，這麼一想就愉快許多，輕快的踏出腳步如同現在能輕盈踏過這個轉角，那麼心底的某些什麼也能夠被輕快的跨越吧。

嗯、必須抱持這樣的信念堅定地踏過影子。

25之四

非常迂迴卻又意圖明確的一句話，但稍不小心就可能誤解，又說不定是韓致宇的惡作劇，總之他就只是溫煦的笑著說了許多話卻都不觸及自己的感情。

天氣似乎越來越熱，除此之外日子相當平穩的過著，上班下班假日，時常和佑媗見面、偶爾和同事聚餐、接到K的電話與來信、趁鄰居不在玩他家的拉不拉多、裹在棉被裡看漫畫，極為稀少的偶爾會和韓致宇見面。

這些日子像是自然而流暢的滑過生命，我依然沒有在路上或者便利商店遇見帥氣的男人，只能看看韓劇安慰自己幼小而寂寞的心，沒什麼特別值得過於在意的部分，我的確是這麼想的。在今天之前。

坐在書桌前我托著下巴，太過無聊而讀起手機裡存下的訊息，起初泛起的是類似翻閱相本「我想起來那天是這樣那樣」的心情，然而越讀越膽戰心驚，就像翻到最後發現怎麼每張都是和某人的合照，才發現細微並且不引人注目的某些什麼，堆疊起來形塑而成的是相當不合理的結果。

從佑媗拖出門和韓致宇吃飯那天起，每天、毫無間斷的每天都有他傳來的訊息，彷彿經過計算不多不少每天恰好一封，雖然不是多了不起的發現然而一旦疑心的種子落下，勢必會發芽。

所以我相當乾脆的傳了「今天份」的簡訊給韓致宇。

——你為什麼每天傳簡訊給我？

韓致宇通常不會太快回，所以在等待的過程中我洗了澡、喝了牛奶又翻了幾頁《無伴奏安魂曲》，途中每隔幾秒就瞄一眼手機，雖然設有簡訊鈴聲但就像烤蛋糕時儘管知道時間到了烤箱會響卻還是反覆查看，但煩躁的是烤蛋糕可以定時但永遠不知道對方何時會傳來簡訊，說不定沒有回覆的打算。

就在我決定倒杯冰水鎮定神經時簡訊傳來了。

——因為妳回我了啊。

愣在原地簡短卻無懈可擊的回答。太過合理。

太過合理反而顯得不合理，這是一種邏輯上的謬誤。盤腿坐在床上雙手抱胸盯著擺放在前方的手機，儘管自動省電而變得漆黑一片但黑暗之下必然涵藏著真相。他傳給我、我回給他、他再回覆我、我又傳給他……結論是我吃飽太閒又找不到新男人所以疑心病發作？

決定接受這個結論的瞬間就像柯南得知真相一樣被閃電擊中我的意識。

不對、「他傳給我、我回給他、他再回覆我、我又傳給他……」這個過程本身就有問題，我從來不會跟哪個人「規律性」的來回訊息，即使對方是佑媗那類有簡訊必回覆還會額外多傳幾封的人，我也建立不起這種規律，通常到了某種程度，例如十封或者一星期左右我就會開始矇混最後不了了之。

但韓致宇的簡訊清清楚楚有日期為證持續整整五十七天。差一點點就兩個月。

所以問題出在我？

但是、可是、那個、只是、我……甩了甩頭把手機扔進背包眼不見為淨，但通常我對一個人如此有耐心只有兩種可能，要不喜歡他、要不想陷害他，雖然百分之九十五都是後者但他是韓致宇而且他又沒惹我，所以……

不、做人不能太快妥協，何況是對於簡單推論之後得出的不可靠結論，我的人生絕對不能只困在韓致宇跟K這兩個人身上，至少要有第三個人才會出現最高級啊，只停留在比較級怎麼想都很苦悶。

所以要推翻證據薄弱並且相當不可靠的推論重新寫一則美好的愛情故事。

□

「為什麼一直盯著我看，我臉上有什麼嗎？」

我搖了搖頭心不在焉的扯開微笑雙眼仍舊緊緊盯著韓致宇但卻沒有理會他的心思，上一次見到他已經是半個月前，這期間儘管訊息來回的頻繁我卻不甚在意，雖然想起他的時間多了、等待訊息的心情緊張了些，或是偶爾會湧生想見他的心情，我仍舊略過不理；太過細微的改變因而認為不重要，然而一顆一顆的沙粒也足以堆疊成一座城堡，微小的在意也可能積聚成一片海洋。

可能。

「穎嵐？」

「你為什麼每天傳簡訊給我？」

「不是問過了嗎，因為妳回給我，我就再回覆妳啊。」

「所以每個人傳簡訊給你，你都會回嗎？」

「需要回就會回啊。」

「我回傳的簡訊明明很多都很無聊。」

「那我以後就不要回嗎？」

「我有這樣說嗎？」韓致宇悶悶的笑了，瞪了他一眼我決定裝作沒看見，「你該不會又喜歡上我了吧？」

韓致宇停頓了一會兒做出很明顯正在思考的樣子，勾起不明所以的微妙笑容望著我，最後揚起他閃亮亮的爽朗笑容。

「希望我說是嗎？」

「不要用問號來回答別人的問題。」

「妳通常都這麼直接嗎？」

「給我句點不要給我問號。」

「嗯。句點。」

我快瘋了。「這樣很好玩嗎？」

「就因為我每天回簡訊給妳，所以妳就覺得我又喜歡上妳了？」

「嗯。」我很乾脆的點頭。

「我以前天天坐在妳旁邊陪妳吃早餐、找到機會就送妳回家，那妳為什麼不覺得我喜歡妳？」

「不要翻舊帳！」
「沒有。」
「什麼？」
「我說沒有。」聽見他果斷而肯定的回覆我的胸口感到隱約的悶窒，果然聽見初戀親口說不喜歡我還是存在著相當的影響力，「我沒有又喜歡上妳。」
喝了一口冰水還不夠再喝第二口，心情有些複雜，混著預期之中的放鬆、又揉進期盼之外的悵然，無論韓致宇的回答是或不是都讓人矛盾，看著他坦然的雙眼，深呼吸之後暫時消化了他的回答。
「更何況，妳已經有個交往很久的男朋友了，就算喜歡妳也只能後退吧。」
後退。他說。
「一年前就分手了。」緩慢的說著我並不想提及K，尤其是對韓致宇，「那你幫我介紹吧，帥氣體貼又溫柔的好男人，我不介意以結婚為前提交往喔。」
「我不想。何況佑媗說你們終究會復合。」

「不會，我說不會。之前的確分分合合沒錯，但這次我能夠很肯定的告訴任何一個人，我和他已經、結束了。」自己似乎太過嚴肅該做點什麼讓氣氛稍微和緩，我扯開嘴角盡可能用輕快的語氣，「所以你就發揮同學愛介紹好男人給我吧。」

「『這是我的初戀有我當保證人一定不錯』像這樣介紹嗎？」真想踢他。「就只要說我是個善良靦腆又漂亮的女孩子，這麼簡單做不到嗎？」

韓致宇毫無考慮的搖頭。做不到。透過他的肢體語言明明白白的傳遞給我，連話都不必多說。

「廣告不實被追究責任的是我，我做人一向正直又坦率，何況這等於推自己的朋友跌入陷阱裡，很不道德。」

深呼吸、用力的深呼吸，千萬不能被眼前這個用著王子般燦爛笑容的人說出的惡毒語言打倒，我決定改變策略擺出可憐兮兮的表情，極為哀怨的瞅著他，看到他感到愧疚為止。

「你以前不是這樣的……」

韓致宇笑了。像春天的風輕輕撫過肌膚一般的笑容，微溫。

「妳好可愛。」

瞬間我定格在他的句尾，妳好可愛，反覆確認終於相信並不是幻聽，頰邊的熱度陡然上升，再度能夠移動之後我拿起桌上的玻璃杯大口灌進冰水，冰已經融化溫度不夠低。

這一定是韓致宇的戰術。

「穎嵐。」

「怎、怎麼樣？」

「我可以介紹自己給妳嗎？」

□

坐在地板上半身毫無施力的趴在床上，我的腦細胞從韓致宇的問號之後就停擺到現在，他則是像什麼事都沒發生一樣吃完服務生送上來的甜點、自言自語式的開話家常送我回家，**我可以介紹自己給妳嗎**，非常迂迴卻又意圖明確的一句話，但稍不小心就可能誤解，又說不定是韓致宇的惡作劇，總之他就只是溫煦的笑著說了許多話卻都不觸及自己的感情。

甩了甩頭伸手抓住被丟在床中央的手機，明明他親口對我說他不喜歡我，韓致宇八成正等著我投降，但精明如我不可能會被小小的障眼法矇騙，剛才的失神只是一時失誤。

——你明明說你沒有喜歡我，才不會被你騙。

傳完訊息之後整個人完全放鬆，伸了懶腰順便站起身做了簡單的伸展，簡訊鈴聲響了，比預期快了許多，大概會寫著「果然妳很聰明」或是「我輸了」之類的內容，真讓人愉悅。

——我說「我沒有又喜歡上妳」，妳一直都在我心裡。

摀住嘴巴差一點我就放聲大叫，韓致宇比我想像的還要狠毒，連這種謊話也說得出來，我們之間相隔的是漫長的八年而不是短暫的八星期，無知的小女孩才會被騙吧。

相當乾脆的我撥了韓致宇的電話號碼，他說不定會以今天的簡訊「額度」用罄而拖延到明天才宣告投降。

「收到我的簡訊了？」

「韓致宇，我才不會被騙。」

「因為我沒有騙妳。」

「到此為止喔，繼續下去就不好玩了。」韓致宇只要繼續堅持一不小心我就會相信，這個遊戲太過危險，「快點說你只是在開玩笑。」

「既然妳不相信為什麼非得要我告訴妳這只是玩笑？」

「韓致宇！」一這麼喊出口我就後悔了，緊緊握著手機我看不見彼端他的神情，放軟的語調我緩慢的說，「這種玩笑我會當真，所以……」

「這不是玩笑，從來就不是。」

漫長的沉默與安靜的呼吸在通話的兩端隱約的交互遞送，這不是我的預期，我並不認為自己能夠在經過漫長而未曾相見的歲月依然安放在某個人的心底，儘管我必須熬過巨大的痛楚方才跨越屬於他的愛情，但我終究牽起另一個人手，因而我從未預想在他的心底仍舊、放著我。

「但是八年，這麼漫長的時間……」

「起初我也相信時間能夠逐漸淡化一切，然而一天一天過去接著是一年一年過去，儘管某些畫面變得模糊但感情卻仍然清晰，終於我明白人的感情與時間空間無關，又或許在我的世界裡屬於妳的時間流動得太過緩慢，所以我必須花費更多的時間離開這段感情。」我盯望著白色牆壁的某一點，模糊的沒有意義的某一點，「其實有好幾次我都站在妳家前面的那個轉角，等著妳的出現，卻始終沒有等到，終於有一天我看見妳的身影，卻已經有另一個人牽著妳的手……」

淚水安靜的滴落，我不知道，從來就不知道他站在那個轉角等著我，那些日子為了逃躲那段記憶我刻意繞路而行，我不知道，我真的不知道也因此繞開了他的感情，甚至我不敢想像當他看見K牽著我的手時究竟是什麼心情，那時候只要想到他心裡懸著另一個人就讓人痛苦難耐，韓致宇卻親眼目睹目睹。

「在那之後有好幾次我想放棄，拚命告訴自己妳過得很好、我也應該重新開始，也想試著接受另一個人但還是沒辦法，我沒辦法在心底有妳的狀況下接受另一份感情……我們的學校離得並不遠，雖然告訴自己不能卻總是走進那裡，看著妳每天看的景色、走過妳每天走過的路，偶爾會看見妳的身影，還有另一個人的。」

發不出任何聲音，眼淚止不住劇烈的滴落，不僅僅是為了他的疼痛，也讓我想起那些我為他掙扎著的日子。

我和他就只是錯過。**然而僅僅是錯過彼此的人生就截然不同，並且無以挽回那些已然逝去的歲月。**

「過了這麼多年，我也學會把妳放在沒人會觸及的深處，但不能這樣下去，還是必須讓這段感情成為過去，我是抱持著這樣的心思參加同學會。遠遠的看著妳最後一次確認妳很好，然後就逼迫自己將妳彌封。但妳卻走到我的面前，呂芝綺又告訴我當初妳也喜歡我——我發現自己沒辦法割捨。我很掙扎，想靠近妳卻又想起妳身邊的他，一直到妳清清楚楚的說出你們已經結束，我也就沒辦法忍耐了。」

沒辦法、忍耐。

「我並不是在彌補過去的遺憾，但我也不願意留下更多的遺憾，至少這一次，我不會後悔。」

韓致宇掛斷了電話，癱坐在地上我蜷曲著身體，摀住嘴巴我無聲而劇烈的哭泣，彷彿要掏空自己一般不顧一切的哭泣。

對不起。想這麼說卻說不出口。對於那樣的錯過無能為力的我，對於他的感情不知所措的我，我什麼、也說不出口。

25之五

突然他們兩個停下腳步等我反應過來只好站在原地轉身望向他們，K和韓致宇居然拿起手機交換起電話號碼，會不會下一秒兩個人就牽著手對我說「我們決定在一起了」？

K站在我面前，愣在原地好幾分鐘全然無法動彈，在這期間K也紋風不動並且掛著笑容讓我花了很長一段時間才確認那不是海市蜃樓也不是人形立牌，真的是K。

「你怎麼、怎麼會在這裡？」

「我回來了。」

「怎麼突然就回來了？」

「想妳。」K緩慢朝我走近，「非常想妳。而且一聽見妳的初戀對象又出現就完全按捺不住，我說過我沒有打算放棄我們的愛情。」

「你怎麼會知道我遇見他？」

「我偶爾會和佑媗用電子郵件聯絡，因為妳總是省略很多事情。」

移開與K對視的目光我看見放置在地上的行李，抬起頭專注的凝望著他，被笑容掩蓋的倦意讓我有那麼一些愧疚。K還愛著我，彼此都明白這一點而他也未曾掩飾，然而我對他的愛情已經消散，我和他之間正處於模糊地帶，一方想站在左側而另一方卻仍想待在右側。

但某一方不能自顧自的選擇兩個人該站的位置，於是膠著。儘管我和K之間是柔和而不衝突的膠著，那仍舊需要被解決。

「剛下飛機嗎？」

「嗯，本來想把行李扔在機場不管，看著轉啊轉的軌道等著行李就讓人焦躁，雖然知道遲早會出現但卻不知道到底什麼時候才會出現，就像是他一樣。」

「……他。」

「韓致宇。」

整個人顫了一下從未預期他的名字會從K的口中說出，即使提起韓致宇我也不曾唸出名字，也許是佑媗，但無論是誰將名字傳遞到K都不重要了。重要的是韓致宇和K已經身處於相同的時空之中。

同時懷抱著對我的愛情。而我懷抱著對他們兩個人愛情的餘燼。

「我知道他遲早會出現在我們之間，我指的是真人出現。」K總是會在情緒緊繃時戲謔的笑，總是有人會認為他不夠認真，然而越是用著戲謔的口吻越顯示他的緊繃，「妳心底始終放著他，縱使不愛了但這個人仍舊左右著妳的感情，也因此我們之間的愛情就不夠絕對而完整。」

「K，跟他有沒有出現沒有關係，我們已經……」

「我知道，但在妳遇見下一個人之前我還有努力的空間，我不打算給妳太大的壓力，到澳洲旅行也是因為這樣。」他伸手將我擁進懷裡，太過熟悉的K的氣味，以及K的溫度，「雖然這樣想，但一想到妳身邊真的出現能夠動搖妳的人就緊張到沒辦法思考，等我清醒我就已經站在這裡了。」

「K……」

「或許妳想告訴我『不過是初戀情人出現而已沒什麼』，但偶爾男人的第六感也很敏銳，雖然佑媗在信裡只提到你們三個人一起聚餐，之後就再也沒提起，上個星期我不經意的問起他，大概沒再聯絡吧，佑媗是這麼告訴我的，但就是這句話讓我感到恐懼。」恐懼。K很少使用如此強烈的字詞，仍舊擁抱著我沒有鬆手的跡象，「如果只是碰面妳會提起的，如果妳認為沒什麼妳會提起的，但是妳沒有，穎嵐，你們一直保持聯繫吧。」

K太過了解我。太過。

「嗯。」不能讓K這麼抱著我，然而將他推開勢必造成傷害，我也只能垂放雙手不做任何回應，「簡訊。」

對於韓致宇的感情我還無法消化所以無法提起，K終究會知道但不是現在。每個人都不夠清醒的現在不適合採取任何動作，只能努力維持現狀。

三個人繞著愛情旋轉，跑著跑著雖然頭暈卻不能停下，韓致宇的愛很明確、K的感情也清楚明白，而我卻模模糊糊擺盪在愛與不愛，或許是K或許是韓致宇又或者兩者皆非。

但K沒有追問更多，這是他的體貼也是他對我的了解。

「穎嵐，妳還沒歡迎我回來。」

緩慢的我推開他，凝望著他好一陣子最後我終於說：「你回來了。」

□

「聽說K回台灣了？」

「嗯。」雖然很想以私刑懲治眼前這個間諜，但她八成會將責任推給K，不巧我現在又不想面對K，只能姑且饒過她，但不太想理她。

「這麼冷淡，不是應該很開心嗎？」

冷淡是針對妳而不是K。被怨恨著但不自知的人某方面來看挺幸福的。

「K昨天打電話給我，說他想和韓致宇吃飯耶，說是想看看我的初戀，他就是不相信韓致宇真的很帥，雖然傳了照片給他但K一直說是角度問題，一定是不願意承認有人比他帥。」

「韓致宇哪有比K帥……」重點是韓致宇是佑媗的菜吧。

「唉呀，護航得很明顯喔，反正先跟妳說一聲，星期六有空吧？」

雖然明白K處理事情一向快速俐落，卻沒料想到他如此積極，迅速得讓我幾乎無法反應。

K的意圖太過明顯，他想親眼確認我和韓致宇的互動，對於感情我一向拙於掩飾，更何況是知我甚深的K。不能答應。但不答應放任K和韓致宇兩個人面對面又太過危險，K很直接而韓致宇相當坦率，除了彼此攤牌之外佑媗也會牽扯進來，頭痛的是我。

沒有退路只能答應。

「說不定韓致宇沒空。」

「都已經約好了啊，韓致宇說會把原本的約排開，妳說，是不是大加分？」佑媗無藥可救的沉浸於她的幻想小世界裡，「說不定韓致宇對我有意思，所以一接到我的電話不顧一切就是要來赴約，我單身他也單身實在是太讓人害羞的巧合，唉，老天就是這樣愛捉弄人，當初我喜歡他卻被拒絕，多年之後他終於明白我的魅力愛上我了。」

不會，世界絕對不會照妳想像的方式旋轉，否則我早就被甩出這顆星球了。

「那他為什麼不打電話給妳？」

「害羞啊。」佑媗露出「這還用問嗎」的表情，重新返回她的幻想小世界，「既期待又害怕受傷害的心情不懂嗎？之前我主動約他聚餐，聽見他沒女朋友又問他說我有沒有機會，要不是妳打斷說不定他會說有。接著又拉著他合照，但一切太自然讓他認為我只把他當同學，而且從那之後我完全沒聯絡他，所以讓他整個心都懸著，隔了兩個多月我終於打電話給他，不管我說什麼他一定是迫不及待的答應吧。怎麼辦，妳說星期六我要用什麼心情面對他才好？」

我默默的嘆了一口氣，無論用什麼心情都好就是不要產生愛慕，我會很困擾。

「當他是路人吧，欲擒故縱，嗯？」

「這樣會不會傷到他的心啊？」

不會，絕對不會。「反正妳不喜歡他就不要在意他。」

「難說啊，感情可以培養嘛，何況他又是那種很容易讓人愛上的類型。」

夠了。再說下去我會想脫鞋子扔她。深呼吸、冷靜，又不是第一天認識她這也不是最嚴重的妄想，假裝沒聽見就好。

所以我決定忽視她。

「星期六到底可不可以啦？」

深呼吸，不過就只是吃飯不是上戰場，而且我又不是劈腿是兩個人喜歡我一個我何必緊張。對，沒必要太在意。

「我會去。」

□

星期六。臉貼在日曆上綠色的字佔滿視網膜，也才撕掉三張日曆就到了星期六，佑媗總是進行相當「即時」的規劃。

站起身走到鏡子前，粉色雪紡上衣配上米色褲裙紮在左側的長髮，揚起靦腆而溫婉的笑容，每個人都被這樣的表象左右，其實看久了自己也會被騙；然而無論是韓致宇或者K卻穿透表象看見了裡層，或許我的偽裝底下隱藏著一種期盼，也許會有誰發現真正的我。

但捉迷藏不能同時有兩隻鬼。

走出房間一階一階踏著木板階梯，聽不見聲音誰都不在家，走向大門旋開的瞬間我看見K站在不遠處。果然。

「不會生氣吧？」

「生氣有用的話你就不會在這裡了。」

「想見到妳，早一秒鐘也好。」

我想K和韓致宇是截然不同的兩類人，K總是直接而率性的攤開自己的感情，無論是思念或者愛甚至是憤怒都無須揣想，並非不擅長隱藏而是不喜歡迂迴；韓致宇卻總是小心翼翼看待著感情，將對方的感受放在正中央而隱藏著自己，空出柔軟而令人舒適的廣大腹地。

然而K的感情有時太過濃烈而難以承受，韓致宇又太過謹慎讓人猜不透他的心思。

「我知道讓佑媗約他出來妳會不開心，所以我忍了好多天沒來找妳。」
「也才幾天而已……」
我的聲音斷卻在他映入我視野的瞬間，站在我和K面前帶著淺淺微笑的韓致宇，這裡是決定性的那個轉角，幾乎無法反應的我只能看著兩個男人愉快的打招呼。愉快。無論是真是假至少目前氣氛算是輕快。

「你好，我是K，穎嵐的男朋友。」
「前男友。」我默默補充卻明顯的被忽視。
「我是韓致宇，穎嵐的初戀情人。」
「沒有談到戀愛的初戀。」我依然相當堅持但同樣被兩個男人略過。
夾在韓致宇和K的中間聽著他們愉悅的交談，相當表面的寒暄例如「我常聽穎嵐提起你」、「我一直想見見你」、「不知道高中時期的穎嵐是什麼樣子」或是「待會的餐廳評價不錯」這類毫無重點的對話，不符合K的性格也不像韓致宇的作風。
何況等一下還有佑媗。

突然他們兩個停下腳步等我反應過來只好站在原地轉身望向他們，K和韓致宇居然拿起手機交換起電話號碼，會不會下一秒兩個人就牽著手對我說「我們決定在一起了」？

一想到那畫面就覺得好可怕，接著我就會對下一任男友說「我前男友跟我的初戀情人正在交往」，對方接著問「妳是雙性戀嗎？」，我只能哀怨的回答「他們都是男的，但仔細想想很符合BL的美型設定」……

不、這太可怕了。

「猜拳吧，簡單但乾脆。」K突然這麼說。

「嗯，我沒有意見。」韓致宇爽朗的回應。

為什麼突然要猜拳？然後K和韓致宇停下腳步認真的猜拳，剪刀石頭布，兩個帥氣的男人在路中央這麼喊著怎麼想都有點微妙。

勝負已定。

「那、我先走了，替我向佑媗道歉。」他望著我溫柔的笑著，「晚一點打電話給妳。」

看著他的背影我納悶的看著另一個男人。

「還是沒辦法，走在一起就有點勉強了何況是一起吃飯，不過他的確是不錯的男人。」

但我怎麼覺得他們就算手牽手也不突兀？

K很坦然的笑著，韓致宇的背影逐漸縮小最後走出我的視野，這樣的畫面讓心底泛起隱微的酸澀；抬頭看向K，他什麼都沒有追問，我明白他正壓抑著自己的感情，這對K而言相當勉強，卻也因而感受到他的愛。

「不錯的男人，那你跟他在一起吧。」

「他只是不錯而已，但妳是最好的女人呢。」

「K。」

「嗯？」

「K也是很棒的男人喔。」

「什麼樣的男人都無所謂，我只希望自己是妳心底的那個人。」

□

那天晚上接到了韓致宇的電話，沒有提起午餐，也沒有提起K，彷彿只是為了聽見聲音而隨意閒聊，我想起從前他總是在我身邊努力說著話。

自言自語。一直這麼想著卻沒發現或許他始終等著我的回應，拚命的說著只為了聽見我的聲音。

「改天一起去野餐吧。」

「野餐？」

「嗯，高中體育館的角落，偶爾我會回去坐在那裡一個下午，想著妳。」他說，「那裡曾經是我們的世界。」

我們的世界，還有我和他遺留的十七歲。

「夏天最喜歡鮪魚口味的麵包了。」那時候我和他一起吞嚥下鮪魚口味的哀傷，沉默的咀嚼，「天氣好的話就去野餐吧。」

「穎嵐。」

「怎麼了嗎？」

「沒什麼，只是想跟妳說我很喜歡妳而已。」隔著電話聽見他的笑聲，彷彿能夠感受到那樣的震動，真實而清晰，「一直沒說出口所以現在只要能對妳說話就想這麼說。」

「聽久了會膩的。」

「那等到妳膩了就換說我愛妳吧。」

……**我愛妳**。我的呼吸有一瞬間暫時停止，斂下眼我不去想迴盪著的他的話語。

「很晚了，該睡了。」

「嗯，晚安。」

「晚安。」

掛斷了電話我坐在床上沒有睡意，K說得沒錯我的確在動搖，卻分辨不出在自己心中燃燒的究竟是十七歲那年的餘燼或者是重新燃起的火。太過混亂。

只能一夜無眠。

25之六

曾經我以為兩個人會就這麼走到終點，然而我並不明白所謂的終點究竟在世界的哪個角落，或許是旅途的終點、或許是人生的終點，又或者只是兩個人共同擁有的愛情的終點。

生活並沒有想像中的那麼緊張，K和韓致宇留給我很大的空間，偶爾會透過我問候對方，儘管如此兩個人卻極力避免碰面。佑媗對於沒讓K和韓致宇見面始終耿耿於懷，靠得那麼近卻始終在故事之外的佑媗或許是幸福的，不必在意誰與誰的拉扯，卻也因而反覆的在我面前提起K以及韓致宇。一次又一次。

「妳和K還沒打算復合嗎？」

「沒有，我說過已經結束了。」

「但是K還愛著妳。」

「一個人的愛情再深也構不成兩個人的關係。」

「雖然沒錯但聽起來很無情，尤其是對K。」
「越溫柔對他造成的傷害越深，我很愛K，過去是戀人的愛現在是朋友與親人的愛，所以我並不想傷害他。」
「但是有時候一個人的愛情深到足以讓對方牽起他的手。」
「K又收買妳了？」
「這次沒有。」佑媗替我斟滿玻璃杯的水，在我右手邊坐下，「我只是覺得K值得託付。」
「我現在很混亂。」
似乎察覺到我不想繼續談論K，佑媗給了我幾分鐘的空白接著用愉快的語調開啟另一個話題。她認為愉快的話題。
「那就先不管K了，想想韓致宇吧。」
「為什麼要想他？」
「我認真的想過了，放著一個優質男人在眼前不納為己有一定會遭天譴，妳覺得有什麼方法可以促進我跟他的感情？」

我好無奈。韓致宇喜歡的人是我喔。差一點我就這麼說出口了，但最後我只是無力的看著佑媗然後搖了搖頭。

「搖頭是什麼意思？沒辦法嗎？」佑媗倒是很坦然，「果然妳也覺得他很難攻破，跟妳說喔，這陣子我傳了好幾封簡訊給他，他也沒什麼回我，好不容易找到理由打電話給他也聊不太起來，到底是為什麼呢？」

「我不知道妳有聯絡韓致宇。」

「總要有一點戲才拿出來說吧。」佑媗突然湊了過來，露出想拜託我的期盼表情，「約他出來吃飯吧，三個人他應該就不會拒絕。」

「我不要。」

「以前妳就幫我送過情書了啊，約他吃飯更簡單吧。」

「許佑媗。」我猛然站起身想起韓致宇曾經說過的「我就只能忍耐一次了」，如果答應佑媗說不定他會由愛生恨將我滅口，何況我不想讓他傷心，「妳已經害過我一次了。」

「我什麼時候……」

「韓致宇高中喜歡的人，」深深吸一口氣直視著佑媗，「是我。」

沉默。瞬間。一秒。兩秒。三秒。三又四分一秒。佑媗開始尖叫的時間比我預期慢了一些，這個消息對她而言可能比我預期的還要讓她震驚。

她突然衝向我用力的抓住我的手臂，一邊搖晃一邊帶著不可置信、被隱瞞、得知大消息的興奮的語調瘋狂的丟出問題，我只聽清楚最大聲的那個。

「所以妳拒絕過他？」

「沒有。」從她尖叫的那一剎那我就已經後悔丟出這個訊息，問題會滔滔不絕我盡可能說明以消弭她的雀躍，「我不知道他喜歡我。那時候。總之我想說的就只是我不會幫妳約他。」

佑媗點了點頭又搖了搖頭。

「所以他那天拉妳出去是告白嗎？」

為什麼會跳到這裡？愣了一下我立刻搖頭、非常用力的搖頭，但佑媗露出相當詭異的笑容，接著從口袋拿出手機撥通電話。

「妳幹嘛突然打電話？」佑媗沒有理會我，臉上始終掛著可怕的微笑。

電話似乎是接通了。

「你喜歡穎嵐嗎？」

然後佑媗按下了擴音鍵。韓致宇的聲音清楚的傳了過來。

「是。」

□

「譚穎嵐，隱匿與叛變同罪，嘖嘖，一邊是K一邊是韓致宇當然會混亂，這麼重要的事情居然不跟我說。」

佑媗學著老派軍官審問犯人的口吻繞著我走，韓致宇沒事那麼誠實做什麼，最大的失誤是我小看了佑媗在八卦領域的智商。

「那妳要選邊站嗎？」

「我當然站在K那邊。」

「基於妳的嚴重不中立我當然不跟妳說。」這當然是事後彌補的說詞。

「我要告訴K。」

「他知道。」

佑媗停下腳步，「真的完全搞不懂你們在做什麼，雖然我不能干涉妳的感情，但出現敵人我還是會協助長官的。」

剛剛還想約韓致宇出來現在就變敵人，再說K什麼時候變成她的長官了？妳待在這裡。佑媗以十足權威的口吻說著並且將我留在她的房間，關上門大概我是被軟禁了。

——妳沒事吧？

因為不接韓致宇打來的電話他只能傳來簡訊。

——我被佑媗軟禁了。放心我會活下來的。

雖然想打電話告訴韓致宇我沒事，卻沒有把握自己能不能承受他的聲音與他的關心，最後只能用戲謔的文字讓他安心。

坐在深紅色沙發椅上，很無聊的玩著手指，佑媗的思考很好捉摸，大概下一個打開門的會是K。

果然。

「被佑媗套出話了嗎？」

「她被收買得很徹底嘛。」

「大概是看見我對妳有多好吧。」K愉快的笑了，「佑媗說妳被俘虜了，要我帶妳逃走嗎？」

讓我帶妳逃離那段過去。很多年以前K曾經這麼對我說，帶著讓人安心的微笑像現在一樣，我帶妳走。

「你是她的長官，你可以**釋放**我。」

「我不能。」K理解我的話語，帶有弦外之音他卻依然愉悅的笑著，「妳不符合被釋放的條例，所以我只能違背軍法帶妳一起逃。」

在佑媗忠誠的目光注視下K輕易地牽著我的手離開她家，走了一段路K卻沒有鬆手的打算，想收回手卻被更緊的握住。月光朦朧，K的側臉顯得遙遠。

「很久沒有和妳一起散步了。」

「嗯。」

「在認識妳之前我偶爾會想，究竟自己會不會安於牽著一個人走到最後的日子，我們之間的分分合合也是因為我不安定的個性，妳一定很辛苦吧。」

「這樣比較不會無聊。」

K輕輕笑了。沐浴在月光下緩慢的步伐，普通的道路映入視野的不過是一般的建築，沒有動人的風景也沒有優美的畫面，然而正是這樣日常的光景，平凡而微小的感動，更使人動容。也許在往後的歲月裡，反覆想起的不過就只是如此的平凡，難以忘懷的微小震動。

「這樣的妳要我怎麼放手呢？」

低下頭我凝望著被K牽著的手，一直以來總是習慣被他這麼牽著，曾經我以為兩個人會就這麼走到終點，然而我並不明白所謂的終點究竟在世界的哪個角落，或許是旅途的終點、或許是人生的終點，又或者只是兩個人共同擁有的愛情的終點。

「我希望就這麼牽著妳的手走到盡頭，無論是這條路的盡頭或是生命的盡頭。」K停下腳步轉身望向我，寧靜而深的凝望，「嫁給我吧。」

「我……」

「不用急著回答我，我會等妳，等著妳的答案。」K溫柔的擁抱住我，清楚的呼吸聲縈繞在我耳邊，「無論答案是什麼，請記得我愛妳，非常的愛妳。」

□

K的求婚來得太過突然，簡單的一句話卻徹底打亂我的思緒，K的確沒再提起，除了我之外他也沒有對任何一個人訴說，偶爾佑媗會追問著K追問著韓致宇；日子並沒有太大的變化，上班下班假日，同事佑媗K韓致宇還有隔壁的拉不拉多，儘管如此日常卻因為K的話語而籠罩著暈眩感。

必須釐清自己的感情，儘管堅定告訴自己卻動盪搖擺。

對於K對於韓致宇我的心中都存在著屬於愛情的餘溫，那是一種燃燒殆盡之後的殘留，所以那之中已經沒有愛情，雖然這麼想著卻無法百分之百肯定那只是餘燼而不是在已滅的灰燼裡靠著未降的溫度再度燃起了火，又或者在同一處又被添加木柴與乾草悄悄的被點燃，只是尚未燃起大火。

更何況K的身上帶著屬於友情親情以及過往的溫度，而韓致宇也遞送著十七歲那年被封存的溫暖，太難分辨。

需要些什麼來證明，卻不知道所謂的「什麼」具體的存在。於是只能依藉時間，等著、等著餘燼止息並且降溫，或者等著燃起的火光。

「總之愛情概分為兩種。」

「哪兩種？」

「一種是註定，只要看見對方就知道是他；另一種是後天努力，一開始只有好感但可以慢慢培養最後萌生愛情。」

「所以妳想說的是什麼?」

「很明顯妳不是第一種。」拚命忍住想翻白眼的心情，耐心聽著佑媗的愛情觀，

「那妳就是第二種了。」

如果這世界有那麼簡單就不會有那麼多社會新聞，也不會有那麼多錯過了。但反駁她只會讓「講課」無限延長，所以不要發表意見。

「那就更簡單了啊，分析兩個人的優缺點，然後選一個培養感情就好了啊。」

我好想把所有隨手可得的東西都扔向她。

「那妳覺得哪個好呢?」

「當然是K。」佑媗再度展現她對K的忠誠，「妳跟K都磨合那麼久了，而且長期觀察下來他絕對值得，韓致宇沒有不好，只是一切又要重新開始，說不定到最後發現不適合。當然有人喜歡新鮮感啦，但妳又不是，妳的生活一直以來都很穩定人也太溫順，有K帶著妳正好吧，韓致宇感覺比較溫和，兩個太像的人就沒辦法互

補了。」

那是因為妳始終沒有發現我的真實性格、沒有看見K想安定的心，也沒有看見韓致宇其他面貌。

所以說，感情從來無法簡單二分或者隨心所欲的選擇。

「可是我希望我的愛情史出現第三個人。」

我一開始是這麼打算的啊，被佑媗一攪和加上K和韓致宇不斷洗腦，演變到現在似乎不得不二選一，但明明我希望的是能出現新男人，說不定在我心底屬於K和韓致宇的火早就已經滅得一乾二淨，既然如此我又何必如此糾結？

對啊，讓兩個人都出局我才有餘力找尋新戀情吧。

「譚穎嵐，妳真的覺得妳可以在路上遇見第三個跟K、跟韓致宇一樣好的男人嗎？」

「重要的是愛情。」看著佑媗我認真的說，「我知道他們兩個都是很好的人，但感情不能勉強，即使對方是世界上最好的男人，也不代表一定要愛上他。因為我不是這世界上最好的女人。愛情並不是某一方的責任，或許不合適的理由在於我，就算他們都喜歡我，也不能逼迫我必須二選一；如果我同時喜歡他們、或者兩個都不喜歡，那也不是他們該擔負的責任。」

愛情不是選擇題而是問答題，任何答案都有可能被填上。

「所以，妳兩個都喜歡？」結果我還是翻了白眼。她到底把重點劃在哪裡以至於嚴重曲解原意。

「我兩個都不要。」

25之七

他們相當努力的忍耐著，勉強自己退後並揚起微笑對我說沒關係。然而那樣的等待本身就是一種煎熬，不是能夠跨越的痛楚，而是陷在模糊地帶的期盼、不安甚至失落。

我兩個都不要。雖然這麼對佑媗說，但我還沒做好面對K和韓致宇的準備，更準確的來說，我還沒想到讓他們放棄的充足理由。儘管「我不喜歡你」是最強的推力，但我不只對K說過也對韓致宇說過，實驗證明一點用處也沒有。

「在妳的愛情給某個人之前，我仍舊有成為那個人的可能。」K這麼說。

「沒關係，只要妳身邊還有空位，我就還能努力。」韓致宇這麼說。

因此K先生與韓先生兩個人的共同意見是鼓勵我盡快找到新對象，但是我的生活單調得要命哪裡來的男人，公司裡向我示好的是一眼即忘的大叔，果然我已經被K和韓致宇的外貌寵壞了。雖然還有弟弟的同學但我對年紀小的男孩實在下不了手，以前我總是懷疑路上怎麼會有那麼多形單影隻的人，現在終於明白並不是沒有對象而是無法將那些人當作對象。

真是苦悶。

還是回頭找K或者韓致宇培養感情？可是這樣我會看不起自己。

嘆了一口氣趴在床上難得的假日卻只能在床上滾來滾去，而且是自己一個人，拿起手機很無聊的開始切西瓜、切完西瓜拔香菇、不想拔香菇就用生氣的鳥去打無辜的豬，當我正要彈出第二隻，突來的簡訊嚇了我一跳。

——**今天是適合野餐的天氣。**

韓致宇一定是知道我無聊到只能在床上滾來滾去，所以來拯救我，有簡訊可以證明不是我因為無聊去找他而是他說要野餐，看偶像劇的時候都覺得這個女的不喜歡人家幹嘛答應一起出去，原來她真的沒有什麼意圖就只是無聊到差點原地轉圈圈，所以只能赴約了。

——**學校見。**

提著裝有鮪魚麵包的紙袋走進久違的高中校園，離得越近那股近鄉情怯就越加強烈，已經八年沒有踏進這裡。畢業之後我一次也沒有回來，這裡充滿太多關於韓致宇的畫面，曾經一起生活的校園、他身上與我身上的制服，甚至牆邊的樹教室旁隨意放置的掃具，那些光景是青澀年華中所謂的日常，卻是如今再也無法擁有的畫面。

熟悉的一切裡包含著更熟悉的失去。

韓致宇站在校門口穿著白色襯衫的他有一瞬間我彷彿看見那年穿著制服的少年，斂下眼或許我不該應約。但我已經站在這裡。

「很懷念嗎？」

「嗯，很久沒回來了，有點不一樣但比想像中更貼近過去。」

緩慢的走著，曾經每天踩踏的水泥小徑讓人如此懷念，有那麼一點哭泣的心情，終於我們來到體育館的小角落，小天堂，從前我是這麼稱呼這裡的。其實並不需要回到原地，那些畫面在我腦中鮮明得並不像記憶，然而這一刻真正站在這裡，恍惚感侵襲而上，曾經我所擁有卻不以為意的微小幸福，在這裡得到也在這裡失去。

坐在冰冷的階梯上，我們穿的不是制服也無須仔細聽著早自習鐘聲，將麵包撕成兩半遞給他，鮪魚口味，笨貓最喜歡的口味，也是那天我含著眼淚和他一起吞嚥而下的悲傷。

「偶爾我會回來這裡，我們的世界，當初自顧自的這麼說，但一直到現在我仍舊這麼相信著。」他靦腆的笑了，「我還曾經想過，世界上只剩下我們和夏天也沒關係。」

看著韓致宇的側臉，他褪去所有掩飾，直接而純粹的傳遞他的感情，低下頭我盯望著自己鞋上的那朵針織花，因為這裡是所有記憶的核心，沒辦法偽裝也不想遮掩。或許這是他想回到這裡的原因。

咬著麵包鹹甜滋味在嘴中漾開，肩並肩的寧靜時光在我們的生命中太過奢侈，他的手輕輕覆蓋上我的右手，我沒有掙脫也沒有回應，只是突然雙眼感到有些酸澀。那些日子裡我多麼希望能將自己的感情遞送給他。然而所謂的過去意味著我們再也無法回去，再也、看不見相同的風景。

我們已經遠離了那些青春。

「我那時候……」深深呼吸他的體溫滲進我的手背，「很喜歡你。」

他的手微微的顫動又或許沒有。

「我沒有想過這些話在八年之後能夠說出口，感覺像是遙遠得的無法抵達，卻毫無防備的發現我已經成為現在的自己。八年。無論多麼記掛著對方，我們的生命已經在畢業那瞬間錯開，重逢只是一種偶然，在交叉點之後終究是兩條截然的叉路。」

「至少我遇見妳了。」轉過頭我望向韓致宇，他的頰邊漾開燦爛到讓人想哭的笑容，「真的，至少、我遇見妳了。」

……謝謝妳讓我陪在妳身邊。

透明的淚水無聲的滴下，落在他的手背匯流成河，他伸出右手小心翼翼拭去沾上睫毛的水滴，抹去頰邊的水痕，溫柔得讓人心疼也讓人害怕，他像是漩渦也許一不小心就會陷入而無可脫身。

「穎嵐，」他的手停留在我的頰邊，「我並不是因為純情或是念舊才割捨不了妳，而是這世界上就只有一個妳。」

這樣是犯規對吧？

我抱持著相當純潔的心思來探望夏天順便緬懷高中生活，韓致宇居然趁人之危猛烈的突襲，害我的心跳到現在還無法平復，他卻若無其事的坐在我身邊。

剛剛還覆蓋在我右手上的手正旋開綠茶的瓶蓋，甚至還貼心的放進吸管遞給我，接過綠茶心不在焉的喝著，該不會剛剛都只是我的小劇場，實際上我們就只是吃麵包喝飲料而已？

「我們一直都在野餐嗎？」

「是啊，不是才剛吃完麵包嗎？」

「『只有』野餐而已嗎？」

「妳還期待什麼嗎？要不要告訴我，說不定我能讓妳實現願望喔。」

「那你找個帥氣的好男人給我，很帥我也不介意。」突然韓致宇湊近我，無法移動只能寄望自己的柔軟度盡可能離他遠一點，「幹嘛？」

「我剛剛才向妳告白耶。」
「你不是說『只有』野餐嗎？」
「告白也在野餐裡啊，一開始就是這樣規劃的。」
看著韓致宇相當認真的臉我又困惑了，一般人的野餐有包含告白這個活動嗎？
「是嘛……」
盯著鞋上的針織花，踢啊踢的想不透、完全想不透所以我很乾脆的放棄，如果告白也包含在野餐行程裡的話，以後就不能隨意答應人參加野餐了。
然後韓致宇笑了。
「笑什麼？」
「妳好可愛。」
又偷襲我？低下頭避開韓致宇的凝望，拚命喝著綠茶試圖和緩不斷升高的體溫，最後韓致宇伸出手阻止我繼續喝，妳喝太快了，想反駁雙眼卻膠著於他為了壓著瓶子而貼放在我手上的手，瓶子的低溫突顯了他的體溫。強烈的突顯他的存在。

最後他收回手，我緊緊的握住瓶子死盯著自己的鞋子，他又開始自言自語。

聽著他輕快的語調，說著他的日常，某個同事生日所有人替他慶生卻發現日期不對、車站附近新開的餐廳很多人排隊改天一起去吧、那天和K講電話聊到我……K？為什麼韓致宇的日常生活裡會有K？難道他們真的決定手牽手一起迎向美好的未來？

「為什麼你會和K講電話？」

「那天不是交換了電話號碼嗎？」

「不要想矇混，我很精明的。」瞇起眼我看著他，他像是被抓到的小孩無辜的笑著，「裝無辜也沒有用。」

「他說他向妳求婚了。」

深呼吸、用力的深呼吸，完全不知道他和K已經交換情報到如此深入的程度，再度低下頭視線又轉回我的鞋子上。

「特地告訴你嗎？」

「嗯，感覺他滿喜歡我的，不過更重要的是想快點結束這樣的三人四腳吧。」

他說，「我在考慮要不要也向妳求婚呢。」

「你說什麼？」

「開玩笑的啦。和他也只通過這麼一次電話，妳就當作打招呼不必在意。」

「怎麼可能不在意……K說了很多我的壞話嗎？」

「嗯，例如妳在交往之後突然露出本性，踢了他一腳還居高臨下之類的……」

他們聊得未免太深入了一點吧？「不過這些只是閒聊而已。」

「那重點是什麼？」

「他說他非常愛妳。」沒有轉頭但能感覺到韓致宇站起身，朝我走來最後蹲在我面前逼迫我不得不注視著他，「但是我告訴他，我也很愛妳。」

他握住我的雙手，那一瞬間的感情太過濃烈。

我閉上眼，終於明白即使是輕快的三人習題依舊難解，依舊不得不解；無論是K無論是韓致宇所投入的感情深到我無法承擔的地步，不能再這樣以緩慢的步伐若無其事的走著。

他們相當努力的忍耐著，勉強自己退後並揚起微笑對我說沒關係。然而那樣的等待本身就是一種煎熬，不是能夠跨越的痛楚，而是陷在模糊地帶的期盼、不安甚至失落。

對自己的寬容等同於對他與K的逼迫。

「我……」

「無論是拒絕或者接受，不要是現在，原諒我的任性，但至少我想將今天的一切完整不漏的記憶住。在只有妳和我的這個世界，能夠這樣握著妳的手對我而言就已經是太過奢侈的幸福。」

我的淚水安靜的滴落，打在他的手背蜿蜒而下，染著他的氣味的我的淚水，被這塊存有著兩人曾經的泥土地吸收，逐漸乾涸。

成為一種過去。

25之八

他在我額際落下一個輕輕的吻。

恰好、落在我的凝滯、韓致宇的錯愕之中。

「回台灣之後這次妳第一次主動找我出來。」

「嗯、有些話……」

「回覆我的求婚嗎？」我想K在接到電話那一刻就已經明白，我們對彼此太過熟悉，「先陪我散步好嗎?雖然沒有月亮，但午後散步也不錯。」

於是我和K從我家門口作為起點，沒有特別目的地就只是緩慢的走著，K總是堅持到家門口接我，作為一個紳士的禮儀，儘管他這麼說我卻明白那之中蘊含著害怕，畢竟這條路途曾經是我難以跨越的歲月。

「雖然我已經知道答案、也不想從妳口中聽見答案，但是妳還是必須回覆對吧。」

「……對不起。」

「妳不需要道歉也不需要感到愧疚，感情這種事就是這樣吧，無論多想要也不意味著會得到。」K的聲音彷彿來自於相當遙遠的他方，儘管他正和我肩並著肩走著，我卻感覺兩個人像站在山谷兩端相互喊話，那之間的傳遞帶著延遲的時間差，「不能得到或者失去雖然難過，但最痛苦的是放不開手，妳知道我總是選擇輕鬆愉快的那條路。」

K說，我會放開妳所以妳不用擔心。他總是以迂迴的方式隱匿自己的哀傷，並不是不願意顯露自己的脆弱而是希望我不要過於牽掛。

「你總是對我太好。」

「有什麼辦法，誰叫妳是世界上最好的女人。」

「也只有你會這麼說。」

「因為其他人都沒有看見真正的妳，當然不會知道妳有多美，雖然很自私但過去我的確因此暗自竊喜，沒想到居然有另一個人跟我一樣有眼光。」

眼睛突然感到酸澀，總是反覆的在腦中排演這一幕但我們總是無法預想站上舞台那一瞬的觸動，我們已經結束了，對K這麼說過許多次，或許在深處依然沒有做好割捨的準備，因為知道K不會真正離開，因為自己也想著或許這也只是另一次的分分合合。但是這一次真的是我和K的盡頭了，也許往後依然會並肩散步於月光下、也能夠愉快的笑鬧，但包覆著我和K的空氣不會再有愛情流動。

今天的散步，或許終點是我和K愛情的盡頭。

「不是因為韓致宇才拒絕你，」我的聲音有些乾澀，停頓了幾秒鐘我才接續話語，「純粹是因為我們的愛情已經消逝，想盡快找到新的平衡點，跨越之後不僅是你，連帶我的感情才會有新的可能。」忍住想哭的念頭我緩慢的說，「我的愛情裡不會有比較，所以並不是在你和韓致宇之間選擇某一個人，而是面對你的愛情時，我就只考慮屬於你的一切。至少這一點我希望你能明白。」

「謝謝妳。」K看著我理解的微笑了，停下腳步深深的凝望著我，「謝謝妳在考慮我的時候純粹只看見我，謝謝妳讓我愛妳，謝謝妳曾經愛過我，謝謝妳在我失去妳的愛情之後並沒有讓我失去妳。」

我也相當感謝K，真的，謝謝他讓我從此不再擱淺，能夠堅強的面對自己的感情。我的眼角終於泛出淚水，K伸出手溫柔的拭去，最後他以戲謔加深了嘴角的弧度。

「也謝謝妳沒有讓我多了一個敵人，如果想著輸給韓致宇的話，說不定會忍不住嫉妒而去偷襲他呢。」

「才不會，你根本不適合偷襲人。」吸了吸鼻子止住了淚水，「而且看在你是前男友的份上，先提供你最新的情報。」

「什麼情報？」

「不是你，也不是韓致宇，雖然不敢肯定但我想會是個帥氣的男人。」停了一下我還是想補充，「非常帥氣。」

K一臉沒轍的笑了。

「所以，妳拒絕他了嗎？」

「如果我說是，你打算找他一起喝酒解悶嗎？」

「也許。」K聳了聳肩，「但看樣子還沒。」

「K。」

「嗯？」

「謝謝你。真的，很謝謝你。」

「雖然比較想聽見妳說『我愛你』，但勉強能夠接受。」K給我一個輕輕的、隱含道別意味的擁抱，「下一次，一起慶祝我們的新開始吧。」

□

連續一個星期佑媗依然不減興致的在我耳邊碎唸，不理會MSN或簡訊她就打電話，不接電話她就闖進我房間，K像是在進行小小復仇一般舉起雙手表示無能為力，任憑我被佑媗摧殘。

果然，這就是男人的本性。

「K就這樣放棄了嗎？」

「嗯，只差沒有kiss good-bye而已。」

「那就應該親下去，最後上演『我根本不想讓妳走』的橋段，從輕輕的吻迸發出激情，兩個人就一時天雷勾動地火就地解決……不是，我是說舊情復燃。」

「妳最近不看偶像劇改看本土劇嗎？」

「我很認真。」

佑媗又開始在我身邊轉圈圈，與其關心我倒不如把時間花在尋找妳的新戀情，想這麼說卻拚命的忍耐，某一次我和K分手這麼對她說，結果只是讓自己從地獄第八層急速下降到第十八層而已，千萬不要為了逞一時的口舌之快而引來無以承受的煎熬。忍耐。

「我跟K都已經接受這個事實，沒道理妳不接受吧。」

「妳會後悔的，身為朋友就是要替妳避免這樣的後悔。」

「我知道妳很關心我，但換個角度來想，逼得太緊只會把我更推離K而已。」不能走直路就繞道沒關係，佑媗總有一天會理解，也許。「妳看，K稍微退後一點我跟他不就又回到以前的良好關係了嗎，所以先當朋友對我和K反而是好事，妳這樣一直要我和K復合，只會讓我想避開他而已……」

留下未盡的餘音讓佑媗自由想像，策略相當成功她停止轉圈圈的老派舉止，沉浸於她的小小劇場與大大拉扯之中，最後她妥協了。

「好吧。」不能笑，太開心的話會被看穿的，於是我露出「就是這樣啊」的無奈表情，但她的下一句話讓我不必演就能精準無誤的表現出無奈感，「可是韓致宇一知道妳拒絕K，不就以為他有希望了嗎？」

當然韓致宇還不知道。

一想到他懷抱著八年的漫長感情就感到艱難，因為我的誤會已經傷過他一次，儘管我們已經成長能夠理性的面對彼此的感情，卻不意味著能避免痛楚；我明白多拖延一秒都將加深對韓致宇的折磨，但是我必須堅強的做好準備，不讓自己陷在自己的哀傷裡不小心傷了他。

我不想傷害他，儘管那裡註定存在著傷。

「韓致宇還不知道，我需要一點時間做好心理準備。」

「如果……」佑媗遲疑了一陣子最後仍舊開口了，「我可以幫妳……拒絕他，雖然這樣不太好，但之後你們可能也就不會見面了。」

在這之後或許，我和韓致宇就從此踏離彼此的生命了。

一想到這件事胸口就感到悶窒，然而正因為如此所以我必須親自對他說出口，透過任何的誰這樣的動作本身比任何的言語任何的拒絕都更加傷人，這不是認真拿出愛情的人該得到的對待。

「無論如何，我都該親口對他說出再見。」

連帶十七歲那年，未曾說出口的，再見。

或者，再也不見。

□

「看樣子妳擺平佑媗了。」

「這是你的報復嗎？」

「我的層級太高，有時候管不太到部下的『自發性出勤』。」K愉快的笑著，「不過心情倒是輕鬆多了，然後我決定暫時離開台灣，這次打算刻苦的體驗歐洲。還是想讓妳第一個知道。」

「歐洲很遠……」

「雖然高雄也不錯，但想逃避現實乾脆徹底一點，妳知道我一向很積極，所以也要積極的逃避現實。」

看著K我笑了出來。逃吧，逃得越遠越好，我們要積極的面對一切，決定逃開的話就要努力的逃。K曾經帶著我連夜坐車到墾丁海邊，跨越一整個台灣就只是因為耗了三個月還找不到工作，和K坐在海邊吹著溫熱的海風，忽然覺得這一切都不再重要，能被拋下的一切何必太過糾結，K說，要逃的時候不必打包行李，帶著他逃就好。

「把對我的愛情也留在台灣吧，記得替我呼吸萊茵河的空氣。」

「選一條那麼長的河流，看來妳不太希望我回來台灣呢。」

「嗯，作為我小小的報復。」

「好吧，這樣也可以消弭一點我的罪惡感。」

「罪惡感？」

還不能理解K的話意，他緩慢的跨近一步，儘管太過靠近我卻沒有後退，K的眼裡閃現某些什麼，「雖然是為了妳好，但沒辦法讓你們太幸福快樂，妳就原諒我小小的私心吧。」

看著K我全然無法理解，甚至連字句的邊緣都觸碰不到。你們。K所指涉的，然而K似乎沒有解答的打算。

K輕輕撥開我垂落的瀏海，並沒有觸碰到我。那樣的姿態彷彿，如同在新的平衡裡他對自己的定位，想趨近想碰觸卻在那麼輕易的舉動中他制止了自己。試圖靠近卻不強行前進。

「即使不願意，但是這一次，我真的要放妳走了。穎嵐，很多時候愛情並不是接不接受這麼乾脆的選擇，妳說過的，感情總會背叛我們的理智。」K傾近了一些，眼底所映現的我被他深深的感情包覆，「這是我最後一次容許自己用這樣的目光凝望著妳。」

然後他在我額際落下一個輕輕的吻。

恰好、落在我的凝滯、韓致宇的錯愕之中。

……韓致宇？

為什麼韓致宇會在這裡，並且精準無誤的撞見這個畫面？

我望向K，以太過靠近的距離看見他眼底複雜的情感，「韓致宇……是你叫來的？」

太過震驚而僵立無法動彈，隔了很長一段時間我才意識到，此刻我和K的動作是多麼曖昧而親暱，並且在他的親吻之後這樣的畫面形同一種接受。儘管之中的我和K都相當明白那並非事實，然而映入韓致宇視野的卻是相反的定格。

「小小的報復以及，小小的禮物。」

我斂下眼死盯著K襯衫第二顆扣子，K緩慢的退後一步，我抬起眼看見的是他坦然的微笑，理解的摸摸我的頭。太過溫柔。

「餘燼跟新點的火雖然難以分辨，但還是能明白之間絕對性的不同，餘燼會緩慢的熄滅，但新火會逐漸燃燒、越燒越烈。」K輕輕彈了我的額頭，「再發呆就追不上囉，我會閉上眼睛，絕對不會像悲情男配角一樣目睹著妳跑向他的背影，所以快去吧。」

「K……」然後K閉上雙眼，緩慢的背向我。看著他的背影我的淚水安靜的落下，「……謝謝你。」

然後，我奮力的往韓致宇離去的方向跑出，看不見他的身影但無論如何只能不顧一切的往前奔跑。

不顧一切。

十七歲那年沒有這麼積極的奔跑，因而錯過了他，但是這一次我不想後悔，所以只能將這八年所無法追上的部分一併追上。

如果能夠追上。

韓致宇的那一眼。

連零點一秒都不到的一瞥，儘管隔著一段距離我卻被他眼中的震驚以及失落深深撼動，太過劇烈的觸動終於讓我明白，那不是餘燼該有的溫度。從韓致宇身上傳遞而來的溫暖，始終是微小卻能完整的包覆我的一切，太過習慣K所帶來的熱度，因而忘了微小的溫暖也是一種愛。也是一種幸福。

我想起十七歲那年的自己，肩並肩坐在小天堂的時光安靜無波卻讓我在這八年來反覆的思念，我始終忘不了，如此寧靜的愛情。

卻因為太過喧囂而遺忘那樣的靜謐。

當時太過年輕的我不懂得怎麼去愛一個人，現在卻因為成長而逐漸看不清愛情的純粹。在這樣的我面前出現的韓致宇還帶著十七歲那年的晶瑩透明，彷彿不斷提醒自己那就是我所失去的部分。

矛盾而複雜的心思黏附在我的肌膚我的呼吸以及我的記憶，延伸到八年後的現在，然而我卻不知道該如何坦然的面對他，於是只好像沒長大一般以相同模式阻絕他的愛情。然後，同時抗拒我體內逐漸萌生的枝枒。

終於我明白，盤踞我心中那股不願意傷害韓致宇的心思並不單單源自於過去對於他的傷害。

而是，從來我們就不願意傷害自己所愛的人。

「韓致宇——」

忘了自己奔跑了多久，終於我停下腳步，眼前是一片空蕩蕩。無論我多麼聲嘶力竭都無法傳遞給他。十七歲那年所不能說出的苦，八年後的現在大聲喊叫卻無法被聽見的痛，是我的錯，一直以來他都努力的想將感情放進我的掌心，我卻始終握緊雙手。

然後他終究轉身離開。

我又傷了他。

無論帶著多少愛情我卻選擇傷害他。

「韓致宇——」

幾乎要耗盡所有氣力我不顧一切的大喊，劇烈的喘息著我感到猛烈的眩暈，蹲下身我的淚水無法克制的傾瀉而出，咬著唇我想起那個印記一般的午後。蜷曲著身體我緊緊抱住自己，發著燙的地面彷彿一種提醒，這並不是能夠醒來的夢。

我不想傷害的你，卻總是深深被我傷害。
安靜的淚水一滴一滴落在炙熱的土地，這裡太過貧瘠而無法開出任何一朵花。

終章

就算你現在轉身離開我也還是會拉住你，無論如何我會用盡各種方式走到你身邊，這不是一種彌補也不是愧疚，只是當初的錯過太痛，我不想承受第二次。

哭泣彷彿抽去了我所有靈魂，乾涸之後我感到異常恍惚，我和他的感情似乎像場遊戲，那年輕率的以三分球作為賭注，這次又不在意的將自己心中的溫度當作餘燼而等著它冷卻；然而人的感情，從來就不是遊戲。

將韓致宇當作秘密彌封那天，在那之前有很長一段時間我彷彿失去自己，空蕩蕩的軀體被填塞而入的是滿滿的哀傷與遺憾，於是我擱淺在誰也無法到達的海邊，當K走近的那一瞬間，我卻努力抗拒著他的雙手。

太過漫長。我總是需要很長的一段時間來確認自己的愛情、接受對方的雙手，然而並不是每份愛情都會等待我們的準備。

唯一等著我們的，是對方。

但很多時候不得不等到對方放棄等待的那一刻才領悟，在失去的瞬間大喊著我不想失去那也只是一種活該。韓致宇等得太久，久得讓我無法相信那是一種真實。

帶著恍惚我踏著影子一步一步往前走，我們總是這樣陷在黏附於自己的黑暗裡，看不清前方也看不清自己，這條回家的路有著韓致宇年少的影子，起初那些日子我總是繞著遠路，我害怕、害怕經過那個他離去的轉角，卻在多年之後發現為了逃躲自己的疼痛卻也錯過了忍受痛楚堅強等待著的他。

「韓致宇……」

半隱在陰影中的他幾乎我以為那是種想像，停下腳步隔著一段近得能夠清楚看見對方卻遠得無法相互碰觸的距離，雖然不會錯認但我正努力確認著那是一種真實。

他的身上散發著一種即將離去的飄忽感，儘管那是一種心理狀態的感知，然而這一秒鐘的我已經無法承受更多。於是我帶著起伏的胸口與微微暈眩的意識盡可能的移動到他的面前，他只是看著我，不、他還是在看著我。越加靠近越能感受到圍繞著他的苦澀，也許他想獨自舔舐傷口。

但是那裡沒有所謂的傷口。必須告訴他這件事。

「我總是沒辦法好好的跟妳說再見，所以，無論如何這次都必須果斷的畫下句點。這已經不是單純屬於我自己的感情了。」

想跟妳好好的道別。道別。我的胸口泛起無以逃躲的苦澀。

「我跟K沒有……」

「妳不必在意我。」他扯開理解的弧度，無論多麼努力那之中仍舊包裹著巨大的勉強，眼前的這個男人正為了自己拚命勉強著自己，這僅僅是我所能見的細微，那麼一直以來面對我所劃下的距離究竟需要耗費多大的力氣，他才得以揚起那樣燦爛的笑容？「沒辦法說謊告訴妳我不難過，但是如果這是妳的選擇，我會替妳感到高興。他是一個很好的男人。」

然後我的淚水安靜的滑落。

「不覺得自己很傻嗎？這樣愛著除了得到傷害還有些什麼呢？」

「愛一個人雖然會渴望得到，但不代表非得到不可，也許這是這八年來帶給我最深刻的一件事。在漫長的單戀之中，最後自己也只想單純的愛著妳就好。」

「人純情也要有限度吧。」

「也許吧。」韓致宇泛起淡而無奈的笑，帶著一種遙遠感注視著我，「就像妳說的，總是要跨越的……」

跨越。他末竟的聲音飄散在半空中無法抓握，彷彿一種後退。即使他正站在我的面前任何一公分都未曾移動，然而我確實感受到他和我之間的距離逐漸加大，以我無法承受的速度。

不、我是來拉住他的，要告訴他，我愛著他。

終於我跨過最後一段距離緊緊抱住他，在他懷裡所有悲傷後悔安心以及更多複雜的情緒一次迸發，覆蓋而上的是我終於到達。

我們終於得以相互擁抱。

韓致宇的手帶著僵硬感垂放在兩側，我感覺他帶著些微顫抖的聲音喊著我的名字：「穎嵐？」

「我喜歡你，」悶在他懷裡所以能夠大喊，「雖然不想要自己的愛情只有你和K，但不管怎麼抗拒就還是喜歡你，對不起，總是讓你等著我。」

「妳和K……」

「我和K已經結束了，一開始就說得很清楚了，而且還是K用力彈了我的額頭才讓我清醒，差一點我就又要錯過你了。錯過一次就已經夠多了，所以這次就算你想走我也會不顧一切的拉住你。」

短暫的凝滯之後韓致宇的手輕輕環抱住我，我所嗅聞到滿滿都是他的氣味，我所感受到滿滿都是他的溫度，突然我感到一陣安心，我終於到達你所在的世界，踏實而真切的。我們。然而下一秒鐘卻像是反諷一般他緩慢的推開我，相當輕相當溫柔卻也相當絕對。

推開。

「穎嵐，我一直很喜歡妳。」

我看著他身體不由自主的顫抖，明明他就站在我面前、明明我已經拉住他、明明他正說著他喜歡我，為什麼方才那短暫的安心突然間碎落一地，覆蓋的是一層飄忽而不明的薄霧？

「我知道，我也——」

「穎嵐，」韓致宇溫柔的打斷我的聲音，我的手緊緊抓住他的衣襬不敢放開，「盼了那麼久終於等到妳的擁抱，那一瞬間我幾乎無法承受，比我所能設想的更加劇烈，我很愛妳，反覆凝望著妳更加確認這一點，因此我一直在忍耐著，不要給妳過多的壓力、不要太過壓迫妳、即使非常嫉妒K也不能說出口，所以我總是帶著微笑爽朗的說著話，但是、在我身體裡積聚的愛情濃厚到我幾乎無法克制。

「甚至我不敢擁抱妳，無論多麼渴望卻不敢。」他說，「妳說妳帶給我很多傷害，但是到這一刻我終於明白，也許自己的愛也會成為對妳的傷害也說不定。即使愛妳但我卻不敢肯定自己能以對的方式去愛妳，我並不是妳所見的那個爽朗、能夠自在面對一切的人，相反的只要關於妳的一切，我就、我就難以控制自己……」

韓致宇推開我是害怕自己傷害了我。我的淚水緩慢的滑落，太過清晰的感受到他的感情，認真的、甚至將自己放置於後的考慮著我，即使愛得那麼深也不敢抓握。

一旦拉住之後我可能就沒辦法放手了。

或許這是韓致宇想說卻沒有說出口的話，所以不得不在我的趨近之中他逼迫自己後退，在他的愛情裡除了我之外是一片空白，所以不能確定自己懂不懂得愛、不能肯定自己會不會帶給我傷害。

「沒有必要考慮那麼多不是嗎？」鬆開拉住他衣襬的手，用力的握住他的雙手，深深的凝望著他，「即使受傷也無所謂，因為同時我們會學著如何療傷，對於愛情其實我也不是很懂，也許就算談了一百次戀愛也不一定能懂；但唯一能夠肯定的，是仔細考慮著我的你，即使不小心帶給我傷害，你也一定會以加倍的愛讓它癒合。我是這樣相信著你的。」輕輕扯開笑容，「與其擔心我，你更應該擔心自己又被我傷來傷去吧。」

「穎嵐……」

「韓致宇，你聽好，就算你現在轉身離開我也還是會拉住你，無論如何我會用盡各種方式走到你身邊，這不是一種彌補也不是愧疚，只是當初的錯過太痛，我不想承受第二次。」深深呼吸我緩慢的說，「我就是這麼自私，發現自己愛上你就不顧一切的跑來拉住你，根本沒有考慮什麼傷害不傷害的問題，所以也請你自私的愛我。」

這次，我會拉住你。

握住他的手又更用力了一些，跨前一步踏過他方才拉開的那段距離，太過貼近的凝望著他。

「不覺得很奇怪嗎？你喜歡我那麼久，然後現在我也說喜歡你，你不是應該很開心的抱住我然後兩個人手牽手愉快的回家嗎？不然要我抱住你也行啦，至少你要先牽我的手，這樣比較公平……」

終於他笑了。

「我會記住妳的告白。」

「什麼?是你在追我吧，怎麼變成我向你告白……」

韓致宇以無可比擬的溫柔眼神注視著我，嘴角泛開燦爛而蠱惑人心的笑容，縱使那是朵帶著毒液的花，也美得讓人甘心以生命作為交換。

他伸出手緩慢拭去我臉上乾涸的淚痕，帶著心疼小心翼翼地抹去。

「我會盡我所能不讓妳再這麼哭泣。」

他在我的眼上輕輕落下一個吻，彷彿一種訴說。

訴說著一種終於。終於，妳來到我的身邊。

終於，我能擁抱妳。

□

K離開了台灣，飛機在天空劃出一道美麗的弧線，儘管到了機場我卻沒有送他離開，想逃的人不需要任何的道別。

終究會有那麼一天，K帶著愉快的微笑爽朗說著「我回來了。」

那天，我會給他一個輕輕的擁抱，對他說：「歡迎回來，還有、我很想你。」

The End

後記

一直以來我都試圖嘗試不同的文風或者構局，當然並不是每次都能夠成功，然而在過程之中比起文本本身，對我而言更加重要的是在轉換裡以不同角度檢視自己的思考。

《再一次相戀》對我而言也許是近期內最艱難的部分。故事本身是輕快的，想傳遞的概念也不艱澀，事實上那份艱難或可說是來自於我的自身。

撰寫這則故事的期間同時準備著高中校友音樂會，必須坦承我甚少踏回高中校園、也總是婉拒每年的音樂會，因而這短暫的時日之中不僅必須重新熟悉多年未曾觸碰的樂器，同時、也必須反覆面對包裹在高中時期的某些什麼。

事實上，確實是由於此我構思了這則故事。

從穎嵐的高中時期到許久的之後，前半部對我而言並不困難，「那是已然發生的過去」帶著這樣的心思近似回憶的書寫，畢竟那離我已經遠了，無法過於動搖我的意志。是這麼反覆告訴自己的。

然而所謂的「接續」卻相當難以掌握，儘管明白人生就是奠基於過去而鋪陳未來，兩個並列一同書寫時因為太過強烈而令人無法控制的思索過去，「那些日子我所做的某些什麼，究竟為現在的或者以後的自己帶來些什麼」，極為強烈以至於反覆刪改，甚至帶有逃避意味的在自身的書寫之中迴避著。

最後音樂會落幕了、文本初稿寫完了，沉澱之後稍微能夠安定自己的心思，出版社對於初稿的回應是「缺少了某些什麼」，那時候沒能好好的訴說，但我想那正是我對自身的迴避。

修改。反覆的修改了幾次稿件卻依然不能彌補，從起點就扭曲的意念無法被輕易修正，最後毅然決然刪除了半篇文稿。重新開始吧。至少這一次是為了自己而寫。

出版的作品裡我從未大幅刪動，偶爾也只是修改幾個段落、加強幾句闡述，但這篇故事卻讓我重新調整構局、重新書寫，當然這並不意味著故事就會完美，然而對我而言極為重要，這讓我明白，儘管那對諸多人而言只是一則故事，但對我而言是自我的體現，摻入迴避或者掩飾就無法讓自己愛著自己的作品。

如果說想藉由這篇故事來訴說些什麼，事實上沒辦法如同其他作品一般能夠給出一個核心概念。也許這是篇為自己寫的故事。倘若必須要說的話，大概會像成長小說的結尾一樣，告訴還年輕的你，不要讓自己後悔、告訴已經經歷了某一段過去的你，縱使無法彌補自己的後悔也不要困住自己；但我一向都不是勵志的人，所以不想讓這段話當作結尾。

這是我第一次寫那麼長的後記，也許大多數人不會看完，但無論如何我仍舊感謝，以某種形式上參與了我的人生的你。

Sophia

All about Love / 12

再一次相戀

國家圖書館出版品預行編目資料
再一次相戀 ／ Sophia 著.
— 初版. — 臺北市 ： 春天出版國際, 2012.06
面； 公分. —（All about Love ；12）
ISBN 978-986-6000-24-9（平裝）
857.7 101009407

ISBN 978-986-6000-24-9
Printed in Taiwan

作　者　Sophia
封面設計　克里斯
內頁編排　三石設計
總編輯　莊宜勳
企劃主編　鍾靈

出版者　春天出版國際文化有限公司
地　址　台北市信義路四段458號3樓
電　話　02-7718-0898
傳　真　02-7718-2388
E－mail　frank.spring@msa.hinet.net
網　址　http://www.bookspring.com.tw
部落格　http://blog.pixnet.net/bookspring
郵政帳號　19705538
戶　名　春天出版國際文化有限公司
法律顧問　蕭顯忠律師事務所
出版日期　二〇一二年六月初版一刷
　　　　　二〇一四年九月初版三十七刷
定　價　180元

總經銷　楨德圖書事業有限公司
地　址　新北市新店區寶興路45巷6弄6號5樓
電　話　02-8919-3186
傳　真　02-8914-5524